KB063393

로크미디어가
유혹하는
재미있는 세상

ROK
MEDIA
로크미디어

망한 가문의 검술 천재가 되었다 5

2023년 2월 13일 초판 1쇄 인쇄
2023년 2월 16일 초판 1쇄 발행

지은이 소구장
발행인 강준규

기획 이기헌 왕소현 박경무 강민구 조익현
책임편집 천기덕
마케팅지원 이원선

발행처 (주)로크미디어
출판등록 2003년 3월 24일
주소 서울시 마포구 마포대로 45 일진빌딩 6층
Tel (02)3273-5135 Fax (02)3273-5134
홈페이지 rokmedia.com **E-mail** rokmedia@empas.com

ⓒ 소구장, 2022

값 9,000원

ISBN 979-11-408-0363-7 (5권)
ISBN 979-11-408-0358-3 04810 (세트)

망한 가문의
검술 천재가
되었다

⟨5⟩ 소구장 퓨전 판타지 장편소설

COTENTS

Chapter 1

슈넬덴의 비전 연구실.

"이 공자님! 오랜만이시네요. 여긴 어쩐 일이십니까?"

한 학자가 퀭한 눈을 억지로 밝히며 인사했다.

새집이 지어진 머리만 봐도 연구실에 며칠간 머문 것 같았다.

"한스 좀 볼까 싶어서."

"실장님요? 잠깐만 기다려 주세요. 바로 불러오겠습니다."

그 학자는 후다닥 복도 끝으로 뛰어갔다.

그동안 루크는 연구실을 살펴보았다.

연구실은 루크가 환생한 이후로 가장 크게 달라진 곳 중 하나였다.

그도 그럴 것이 루크가 기사들의 수련장과 비전 연구실에 제일 먼저 투자했으니까.

　이후로도 투자 규모를 줄이기는커녕 더 늘린 덕분에, 연구실의 시설은 몰라보게 좋아졌다.

　수석 학자들에게는 개인 연구실이 모두 배정되어 있었고, 중앙에는 자료를 참고할 수 있도록 작은 도서관이 생겼다.

　그뿐만 아니라 언제든지 기사들을 불러 실전 연구를 할 수 있도록 연무장 또한 완비되어 있었다.

　불과 1년 전 슈넬덴 연구실의 모습을 생각해 본다면, 이는 가히 천지개벽이라 할 수 있으리라.

　변화는 비단 시설뿐만이 아니었다.

　직접 연구를 하는 학자들에게도 많은 변화가 있었다.

　예전에는 연구를 하고 싶어도 할 만한 여력이 없었기에 사실상 개점휴업 상태였다면, 지금은 오히려 연구할 거리에 파묻혔는데 그 위에 똑같은 양의 연구 거리가 쏟아지는 형국이었다.

　그들 양손에 가득 들린 책과 자료, 책상마다 놓여 있는 커피 잔, 그리고 눈 밑에 짙게 드리운 다크서클을 보라.

　누가 본다면 이곳을 인력 착취의 소굴이라며 고발했을지도 모른다.

　그러나 루크는 그 모습을 흐뭇하게 바라봤다.

　'그럼, 그럼. 바로 이거지.'

자고로 명문가의 비전 연구실은 바로 이런 모습이어야 한다.

  만약 어떤 가문 학자들의 상태가 생생하다?

  '그럼 거긴 연구가 제대로 안 이루어지고 있는 곳이지.'

  기사가 몸을 굴려 가며 수련을 받듯, 학자란 머리를 굴려 가며 연구를 하는 법이니까.

  그들의 상태가 엉망이 되어 갈수록 그들의 연구 성과는 더욱더 잘 나타날 것이다.

  그리고 그것이 곧 슈넬덴 부활의 밑거름이 될 테지.

  '이왕이면 여기 수면실을 제대로 만들어 줘 버려?'

  "이 공자님!"

  루크가 한참 학자들을 어떻게 더 뽑아먹을까 생각하고 있을 때, 복도 끝에서 한스가 달려왔다.

  그 역시 떡 진 머리에 퀭한 눈을 한 건 마찬가지였다.

  다른 점이 있다면 다른 학자들보다 그 정도가 심하다는 것 정도.

  아마도 맡고 있는 연구가 가장 많기 때문일 것이다.

  "미리 언질이라도 주셨으면 좀 멀끔하게 맞이했을 텐데요."

  "지금이 딱 좋아."

  분명 루크는 해맑은 미소를 지었다.

  그러나 한스는 왠지 모르게 그 미소가 불길하게 느껴졌다.

  "한데 여긴 어쩐 일이십니까?"

"아버지가 전하라고 준 게 있어서."

"가, 가주님이요?"

가주라는 말에 한스의 얼굴에 불안감이 드러났다.

"이번에 라바흐와 건곤일척을 하던 중에 아버지께서 백아검에 대해 분석하셨대."

"그 말씀은?"

"너희에게 연구할 거리가 더 생겼다는 말이지."

"······."

어쩐지 한스의 얼굴이 좀 전보다 더 새하얘진 것 같았다.

그뿐만이 아니었다.

주변을 지나가던 학자들도 한스와 비슷한 표정을 하고 있었다.

루크의 뒤에 서 있던 학자들이 한스를 향해 필사적으로 고개를 저었다.

'여기서 연구 거리 더 늘면 저희 진짜 죽어요!'

'파도치는 서리의 개정본 연구도 이제야 끝나서 이제야 휴가 좀 쓰려고 했는데.'

'이러다 다섯 살 된 애가 제 얼굴도 못 알아보겠어요.'

그들은 손짓 발짓 눈짓을 총동원해 필사적으로 메시지를 전달했다.

학자들도 처음에야 몇십 년 만에 연구실이 제대로 돌아간다는 사실에 의욕적으로 나섰다지만, 이제는 당장 몰려드는 연구 과제를 쳐내는 것만으로도 잠잘 시간이 부족했다.

그런데 여기서 연구 거리가 더 늘었다가는…….

차마 그 모습을 상상할 수도 없었다.

그러나 그의 간절한 메시지는 한스에게 전달되지 않았다.

그 앞에 루크라는 거대한 벽이 있었기 때문.

"왜들 그래? 설마 싫어?"

"아, 아뇨! 싫을 리가 있겠습니까?"

얼른 정신을 차린 한스가 양손을 흔들며 대답했다.

"그런데 표정들이 왜 그렇지? 꼭 연구하기 싫기라도 한 것처럼."

루크의 목소리가 차갑게 내려앉았다.

학자들에겐 몇 년 전 이곳에서 난동을 부리던 테오보다도, 지금의 루크가 더욱 무섭게 느껴졌다.

"뭐 예전처럼 연구도 안 하고 노닥거리던 시절이 더 그립다거나 그런 건가?"

"어휴, 아닙니다."

"작년이 그립다면 내가 도와줄 수도 있는데."

루크는 주변을 슥 둘러보기 시작했다.

"굳이 원하지 않는 쪽에 돈을 줄 필요가 없지. 돈 쏟아부어야 하는 데가 여기밖에 없는 것도 아니고."

그러고는 손가락을 까딱거리며 중얼거렸다.

"저 장비는 이번 달 지원금으로 들어온 거고, 저건 저번 달 거, 그리고 저건 저저번 달 거⋯⋯."

마치 그 물건들을 모조리 처분할 것 같은 분위기였다.

아니, 애당초 매일 연구실을 찾지도 않았으면서 어떻게 연구실 물건을 저렇게 잘 알고 있는 걸까.

그 물건들을 최종 승인한 사람이 루크였으니 당연했지만, 학자들이 그걸 알 리가 없었다.

어쨌든 지금은 루크가 모든 연구 물품을 처분해 버리기 전에 그를 말려야 했다.

이게 다 어떻게 얻은 연구 물품들인데, 이대로 넘길 수는 없었다.

"서, 서, 설마 그럴 리가 있겠습니까?"

"그래? 내가 보기엔 아닌 것 같아서."

"오해이십니다. 저희는 언제나 더 많은 연구에 목말라 있는걸요. 그렇지?"

한스가 주변을 둘러보며 말했다.

"그럼요!"

"어휴, 안 그래도 연구 거리가 더 없나 하고 찾아보고 있었는데. 마침 딱이네요."

"백아검이라니! 그건 슈넬덴의 중급 비전 아닙니까? 의욕이 절로 샘솟네요."

학자들은 너도나도 앞으로 나서며 대답했다.

소중한 연구 물품들을 지키고자 하는 의지가 가상할 정도였다.

"그렇다면 다행이고."

루크가 만족스러운 듯 고개를 끄덕였다.

학자들도 그제야 안심한 듯 한숨을 내쉬었다.

"그래서 가주님께서 분석한 백아검은 어떤 겁니까?"

"아, 그래."

루크는 품에서 주섬주섬 노트 하나를 꺼내더니, 한스에게

건넸다.

"이거야."

"잠깐 읽어 봐도 되겠습니까?"

"물론이지."

한스는 거의 눈도 깜빡하지 않은 채 집중해서 노트를 읽

었다.

연구할 거리가 갑자기 생긴 탓에 당황하긴 했지만, 어쨌든

백아검의 자료가 생겼다는 건 비전 연구실에 희소식이었다.

결국 자신들이 도달해야 할 최종 목적지는 결국 잃어버린

주석서들을 전부 복원하는 것.

이 노트 덕분에 그 목표에 한 발 더 다가갈 기회가 생긴 것

이다.

이 연구에 최선을 다하는 건 당연했다.

'역시 가주님이시구나.'

율리안이 기록한 백아검은 상상 이상으로 상세했다.

과장하지 않고 조금만 더 연구하면 바로 실전 연구에 사용해도 될 정도였다.

'고작 한 번 본 것만으로 이렇게까지 자세하게 기록하는 게 가능하다니.'

역시 슈넬덴의 가주는 가주인 모양이었다.

그렇게 감탄하고 있을 때, 그의 눈에 뭔가 이상한 점이 들어왔다.

"어?"

율리안의 필체와는 어딘가 다른 글씨들.

내용을 읽어 보니, 다소 모호한 부분에 설명을 덧붙여 주는 것들이었다.

그러고 보니 이 주석들 덕분에 각 동작에 따른 마나의 흐름이 이토록 명확하게 그려지는 것이다.

"그런데 이건 누가 쓴 겁니까? 필체를 보니 가주님께서 쓰신 건 아닌 것 같은데."

"아, 그건 내가 한 거야."

"공자님께서요?"

한스의 눈이 튀어나올 것처럼 커졌다.

"응. 내가 직접 백아검과 맞붙어 봤었잖아. 그때의 경험을 떠올려서 몇 자 적어 봤어."

"그게 가능할 리가 없을 텐데요."

상식적으로 생각해 보라.

비전을 한 번 상대했다고 해서, 그 비전을 모두 이해하는
게 가능하겠는가.

만약 그게 가능하다면 테론 대륙에 있는 학자들은 일찍이
일자리를 잃었을 것이다.

그러나 정작 루크는 그게 전혀 이상하지 않았던 모양이다.

"그래? 이상하네, 나는 되던데."

"예?"

"아버지의 글을 읽으면서 싸우던 때를 떠올려 보면, 상대
의 마나가 어떻게 움직였는지도 같이 떠오르더라고."

루크는 대수롭지 않게 어깨를 으쓱한다.

'정말 별게 아닌가?'

루크가 너무 당연하다는 듯 나오니까, 한스도 그런 생각이
들었다.

한 번 검을 겨루었던 상대의 마나 흐름을 정확히 포착한다
라……

직접 말하고 보니 어렵기는 해도 못 할 것까지는 없어 보
였다.

자신이 만든 조영제가 딱 그 역할을 하는 것이지 않던가.

루크는 그걸 조영제 없이 해냈을 뿐이고.

'물론 쉽진 않겠지만, 아예 불가능하지는 않은 것 같은데.'

원래 사람들은 불가능해 보이는 일을 쉽게 해내는 이를 보
고 천재라고 부른다.

그러고 보면 루크가 처음 연구실을 드나들 때부터, 그에게 천재라고 말한 것도 바로 자신이었다.

비전을 설명했을 때 단번에 알아듣는 이해력, 이따금 진도가 막혀 있을 때 해결책을 제시해 주는 날카로운 질문들.

자신도 그걸 보고 루크에게 재능이 있다고 생각했다.

물론 그때는 그저 학자로서의 싹이 보이는 정도로만 생각했던 것이긴 했다.

'공자님께서는 내가 생각했던 것 이상으로 천재이셨던 거구나.'

장남인 테오가 검술에서 천 년에 한 번 나올까 말까 한 재능이라면, 루크는 바로 연구에서 천 년에 한 번 나오는 재능인 것이다.

생각할수록 아귀가 딱딱 맞아 들어갔다.

"공자님."

덥석.

한스가 루크의 손을 부여잡았다.

"정말 감사합니다."

"왜 그래?"

"공자님 덕분에 연구 과제가 절반 이상 줄어들었습니다."

그는 진심이 가득 담긴 목소리로 감사를 전했다.

"내가 그렇게 대단한 걸 한 거야?"

"그럼요! 그냥 대단한 일이 아닙니다. 연구실 학자들의 목숨을 구하신 겁니다."

"뭘 그렇게까지……."

루크가 부담스럽다는 듯 손을 빼자, 한스가 다시 그 손을 부여잡았다.

심지어 그의 눈은 반짝반짝 빛나고 있었다.

"혹시나 학자의 길에 관심이 생긴다면 언제든지 저를 찾아 주세요."

"왜 갑자기 영업이야?"

"제가 아무에게나 이런 소리를 하는 게 아닙니다. 공자님께는 학자로서의 재능이 있어요."

저런 잡상인 같은 멘트는 또 어디서 배워 온 건가.

루크는 손을 휙휙 저었다.

"됐어. 난 가만히 앉아 있는 건 질색이라."

"그래도……."

"아무튼 나는 아버지가 전해 주라는 거 전해 줬으니까 이만 가 볼게."

"……알겠습니다."

한스는 멀어져 가는 루크를 보며 아쉬워했다.

그러기도 잠시, 문밖으로 나갔던 루크가 다시 고개만 빼꼼 내밀었다.

혹시나 루크의 마음이 바뀐 것일까?

한스가 기대감에 찬 눈으로 그를 보았다.

그러나 루크는 기대와는 전혀 다른 말을 내뱉었다.

"아 참, 아버지가 그러던데, 그거 빨리 못하면 다음번 연구비에 지장 있을 거라고 하더라."

그 말을 끝으로 루크는 사라져 버렸다.

"……"

한스는 제 손에 들린 노트를 보았다.

분명 루크의 도움으로 연구할 거리가 많이 줄긴 했다.

그렇다고 해도 이걸 단숨에 끝낼 수 있는 정도는 아니었다.

"빨리 못 하면 다음번 연구비에 지장이 있다라……."

아무래도 지금은 루크의 재능에 감탄하고 있을 때가 아닌 것 같았다.

"학자들 전부 집합시켜!"

일단은 연구비부터 지키는 게 먼저였다.

"이봐, 2장 분석한 건 어떻게 됐어?"

"그거 회로값 조정해 달라고 해서 시간 좀 더 걸릴 것 같은데."

"빨리 좀 부탁할게. 그리고 수석 기사 시연 일정은 잡아 놨어?"

"아직. 다들 임무가 워낙 많아서 일정 맞추기가 쉽지 않아."

비전 연구실은 오늘도 어김없이 바쁘게 돌아가고 있었다.

학자들은 자리에 잠깐 앉을 시간도 없이 계속해서 이쪽저쪽을 옮겨 다녔다.

그런 그들의 모습은 마치 누군가에 쫓기는 것 같아 보이기도 했다.

그런데 연구실의 모습을 자세히 관찰한다면, 그게 그저 비유만이 아니라는 것을 알 수 있었다.

"다들 왜 이렇게 급해?"

"지금 안 급하게 생겼냐?"

한 학자가 눈짓으로 뒤를 가리켰다.

그러자 다른 학자도 금세 수긍했다.

그들의 시선 끝에 있는 자는 다름 아닌 루크였다.

그도 자신을 향한 시선을 느낀 것일까.

이쪽으로 고개를 돌렸다.

"아냐, 아냐. 나 신경 쓰지 말고 하던 거 해. 내가 뭐 감시하러 온 사람도 아니고."

능청맞게 손사래를 치며 말했다.

감시하러 온 사람이 아니라고?

하루도 빠짐없이 저기 앉아서 자신들을 보고 있는 사람이 할 말은 아닌 것 같았다.

"근데 너 이름이 게리라고 했나?"

"예, 그렇습니다."

"회로값 조정하는 데 시간이 오래 걸리나 보네."

"네?"

"회로값 조정 요청받은 게 이틀 전이었던 것 같은데, 그렇지 않나?"

"죄, 죄송합니다. 최대한 빨리하겠습니다!"

"아냐, 부담 주는 건 아니고 그냥 궁금해서 물어보는 거야. 순수한 호기심."

"……."

누가 보더라도 감시하러 온 사람이 맞았다.

그것도 학자들의 업무 진행 상황을 일일이 살피고 있는 것이다.

"일 공자님과는 전혀 다른 유형의 빌런이야."

"난 차라리 일 공자님이 행패 부려 주는 게 나은 것 같아. 그게 더 마음 편해."

"나도. 이 공자님이 오시고 나서부터 피가 마르는 느낌이야."

학자들은 울상이 된 채로 수군거렸다.

물론 아무리 목소리를 낮춘다 한들, 루크의 귀에는 다 들린다는 건 모른 채로.

'이놈들이 엄살은……. 옛날 학자들에 비하면 아직 혈색이 살아 있구먼.'

루크는 혀를 쯧쯧 차며 연구실을 둘러보았다.

비전을 해석하기 위해 학자들이 갈려 나가고 있었다.

짙게 드리운 다크서클을 보면 조금 불쌍해 보이기도 했다.

그러나 슈넬덴에 주어진 시간은 그리 많지 않았다.

아무리 최선을 다해 연막을 치고 있다고 하더라도, 점차 외부에서 슈넬덴에 가지는 관심이 많아질 터.

언제 위협을 느낀 코넬리오가 슈넬덴을 공격할지 누구도 장담할 수 없었다.

그러니까 조금이라도 여유가 있을 때, 최대한 빨리 가문을 복구시켜 놓아야 하지 않겠는가.

'평범해서는 결코 벽을 뛰어넘을 수 없는 법이라잖아.'

루크는 슈넬덴의 가훈을 다시 한번 마음에 새겼다.

전에 말했듯 슈넬덴의 비전은 풍월대검부터 설풍검까지 하나로 이어져 있다.

백아검을 빨리 복구할수록 설풍검에도 더 가까워지는 것이다.

그러니까 이게 다 설풍검을 하루라도 빨리 복구하기 위한 선조의 깊은 혜안이라 생각하고…….

"저기 앉아 계시니까 화장실도 맘 편히 못 가겠네."

"도대체 언제까지 오실 거래?"

"아, 그냥 집에서 연구하면 안 되나. 마누라 앞에서 연구하는 게 더 마음 편하겠어."

크흠!

몇몇 학자들은 그렇게 생각하지 않는 모양이었다.

"근데 공자님은 저기 앉아서 왜 노닥거리고만 계신 거야?"

"그러게, 우리만 일 시켜놓고."

몇 명이 아닌 것 같기도 하고…….

'쯧쯧, 선조의 깊은 뜻도 모르는 것들.'

바로 그때 학자들의 구원자가 나타났다.

"도련님!"

토르빈이 나타난 것이다.

"여기 계셨군요."

"무슨 일이야?"

"도련님 앞으로 편지가 왔습니다."

"오, 내용이 뭐야?"

"노던 철물에서 온 건데 특별 주문 의뢰하신 덤벨이 완성되었다네요."

그 말을 들은 루크의 표정이 밝아졌다.

저건 사실 래비로부터 온 편지였다.

그에게 어떤 정보를 알아봐 달라고 했었는데, 최대한 빨리 소식을 듣기 위해 소월관으로 직접 연락하라고 한 것이다.

"제가 대신 가지고 올까요?"

"아냐, 무거워서 안 돼. 내가 직접 갔다 올게."

루크는 그렇게 말하며 자리에서 일어났다.

학자들은 남몰래 안도의 한숨을 내쉬었다.

드디어 감시의 눈이 사라지는 것 같았기 때문.

그러나 루크가 이를 그냥 지나칠 리가 없었다.

"아 참, 토르빈, 이제 딱히 할 일없지?"

"그렇죠."

"그럼 여기 앉아 있어."

"여기요?"

토르빈이 고개를 갸웃했다.

"여기서 뭘 하면 됩니까?"

"별건 없고, 그냥 여기 있었던 일을 기록했다가 말해 주기만 하면 돼."

"기록이라……. 네, 알겠습니다."

토르빈이 대수롭지 않게 자리에 앉았다.

심지어 노트와 펜까지 들어 올렸다.

시킨 대로 정말 본 것을 '기록'이라도 할 모양이다.

"좋아, 좋아. 잠깐만 부탁할게."

루크는 그렇게 말하고는 학자들을 봤다.

"그럼 계속해서 다들 열심히 일하자고, 열심히!"

학자들에게 눈을 찡긋하고는 연구실을 나갔다.

"……."

학자들이 질린 눈으로 루크를 보았다.

'저 지독한 사람.'

'마룡도 저렇게는 안 하겠다.'

'이제야 숨 좀 돌리는 줄 알았는데.'

슥슥슥.

그때 토르빈이 뭔가를 쓰기 시작했다.

그러자 학자들은 슬슬 눈치를 보며 제 할 일로 돌아갔다.

그들도 깨달았다.

이 공자의 숨 막히는 감시를 끝낼 방법은 최대한 빨리 백아검의 연구를 마치는 수밖에 없다는 것을.

※

루크는 그 길로 곧장 본가를 나섰다.

그가 향한 곳은 슈넬덴 산 초입에 위치한 아지트.

그곳엔 편지를 보낸 이가 먼저 와 있었다.

래비는 루크를 보더니 인사를 올렸다.

"공자님께서 말씀하셨던 라바흐의 보석에 대한 정보가 있어서, 토르빈 편으로 편지를 부쳤습니다."

"생각보다 빨리 됐네?"

루크는 건곤일척이 끝나자마자 곧장 래비에게 보석에 대해 알아볼 것을 지시했다.

오르겐 상단이 라바흐 쪽엔 거의 진출이 안 된 탓에 시간이 좀 걸릴 줄 알았는데 의외였다.

"이번 조사 때는 돌프의 인맥이 도움이 되었습니다."

"하긴 그녀석이 라바흐 영지 근처에서 꽤 오래 굴렀으니 그럴 만도 하겠네."

"하지만 워낙 정보가 적고, 근거 없는 소문도 섞여 있다 보니 확인한 사실은 그리 많지 않습니다."

"그럴 것 같았어. 일단 알아낸 거라도 말해 줘."

래비가 확인해 본 결과, 그 보석은 라바흐가 직접 제작한 건 아닌 것 같다고 했다.

그런 걸 만들려면 분명 그에 맞는 연구 시설과 제작 시설이 필요할 터.

그러나 최근 라바흐에는 눈에 띌 정도의 많은 물자가 들어간 적이 없었기 때문.

그렇게 더 깊이 조사해 보니, 몇 달 전부터 비전 연구 쪽에 지출이 급격히 늘어났다는 것을 알아냈다.

많은 돈을 급격하게 지출했으면 분명 연구 시설에 달라지는 점이 생겨야 할 터.

하지만 정작 연구 시설에는 아무런 변화도 없었다고 한다.

래비는 아마도 이 돈이 보석을 구매하는 데 들지 않았을까 하고 추측한 것이다.

그 추측을 통해 라바흐가 어떤 단체로부터 보석을 사들였다는 정황까지는 확보했다.

"그 단체가 어디인지는 모르고?"

"죄송합니다. 백방으로 수소문은 해 보고 있지만……."

"아냐, 너희가 전문 정보 길드도 아닌데."

상인들이 정보를 모으는 것은 단순히 그곳의 시장을 살피기 위함이지, 정보 그 자체에 목적이 있는 게 아니다.

이렇게 꼭꼭 숨은 비밀 단체를 찾아내는 건 정보 길드를 이용해야 했다.

그러나 그 근처의 정보 길드들은 대부분 라바흐가 직, 간접적으로 관리하는 곳.

여간해서는 쓸모 있는 정보를 얻긴 힘들 것이다.

'언젠가는 내 휘하 정보 길드도 만들어야겠어.'

그건 미래의 일이고, 일단은 지금 맞닥뜨린 일부터 처리해야 했다.

가장 먼저 보석을 판매한 단체와 접촉해 더 많은 정보를 얻어 내야 했다.

만약 그들이 그저 우연히 엄청난 보석을 만드는 데 성공했고, 그걸 우연히 라바흐에게 판매한 거라면?

볼 것도 없이 그 자리에서 바로 보석을 전부 사들일 것이다.

무려 리스크도 없이 마나를 증폭시켜 주고 흐름도 보정해 주는 보석.

물론 좀 더 정밀하게 조사해 안전한지 파악할 필요는 있겠지만, 슈넬덴이 강해지는 데 도움이 되는 거라면 무엇이든 사들일 준비가 되어 있었다.

하지만 그놈들이 의도적으로 그 보석을 라바흐에게 준 거라면?

그때부터는 일이 복잡해진다.

그 엄청난 걸 가진 녀석들이 슈넬덴에 호의적이지 않다는 뜻이니까.

그들이 라바흐뿐만 아니라 슈넬덴을 적대시하는 다른 가문에도 그 보석을 넘긴다면, 슈넬덴은 또 다른 위기를 맞이할 수도 있었다.

뭐가 되었든 그놈들과 빨리 접촉할 필요가 있었다.

'어떻게 그놈들이랑 접촉해 볼까⋯⋯.'

한참 생각에 빠졌던 그의 머릿속에 한 가지 아이디어가 떠올랐다.

"그들을 먼저 유인하면서 적의까지도 단번에 파악해 볼 방법이 있어."

"그게 뭡니까?"

래비가 놀란 눈으로 되물었다.

"아직 대외적으로 샤룬이 우리랑 사이가 안 좋은 걸로 되어 있지?"

"그렇죠? 아!"

역시 래비는 눈치가 빨랐다.

"샤룬을 이용해서 그들을 유인하는 거군요."

"그렇지."

현시점 북방의 거대 세력은 라바흐와 샤룬.

그들이 라바흐에 접근을 했다면, 분명 샤룬도 꽤나 매력적인 거래 상대일 것이다.

어쩌면 그 휘하 가문들과 벌써 접촉하고 있을지도 몰랐다.

"베르너에게 연락해. 그놈들 한번 낚아 보라고."

"예, 알겠습니다."

"라바흐가 어떻게 됐는지 봤잖은가. 그러니까 우리가 슈넬덴을 누르려면 힘을 더 키워야 한다고!"

[지당하십니다.]

베르너는 수정구를 향해 열변을 토했다.

반대쪽에선 휘하 가문 가주의 맞장구가 들려왔다.

"그러니까 그대들 쪽에서도 방법을 알아봐 주게."

[예! 반드시 가주께서 만족할 만한 방법을 찾아내겠습니다.]

그렇게 연락이 끊겼다.

"후, 다들 말만 잘하지. 정작 성과를 거두는 녀석은 하나도 없으니."

베르너는 한숨을 푹 내쉬며 중얼거렸다.

지금 그가 이러고 있는 건 루크의 지시 때문이었다.

얼마 전 래비를 통해 어떤 보석을 가진 단체가 접촉해 오도록 미끼를 뿌리고 다니라는 지시를 받았다.

그도 그 보석을 대략 설명을 들었다.

'범상치 않은 물건이었지?'

건곤일척 때 본 바트의 천절백아검이 떠올랐다.

그 검이 바로 보석의 힘이라고 했다.

그러면 그렇지.

고작 라바흐 따위가 천절백아검을 완성시켰다고 할 때부터 뭔가 이상했다.

거기에 그런 속임수가 숨겨져 있었다니.

어쨌든 그건 샤룬에게도 매우 위험한 소식이었다.

만약 그 보석을 만든 단체가 슈넬덴의 적이라면, 슈넬덴이 위험해질 수도 있다는 뜻이니까.

슈넬덴이 위험해진다는 말은 곧 그들을 붙잡고 있는 샤룬도 위험해진다는 의미였다.

'그러니 무슨 수를 써서라도 그 단체를 찾아내야만 하느니라.'

그는 마음을 굳게 먹으며, 다음 가문에 연락을 돌리려 했다.

바로 그때였다.

우우우웅.

아직 누군가에게 연락을 취한 것도 아니었는데, 수정구가 제멋대로 빛을 내뿜기 시작했다.

"이, 이게 무슨?"

[베르너 샤룬 공, 안녕하십니까?]

그리고 수정구에서 목소리가 흘러나왔다.

누군가 수정구에 멋대로 연결한 것이다.

말이 쉽지, 그런 건 마탑의 마법사들도 쉽게 하지 못할 기술이다.

그러면 이런 고난도의 작업을 누가 한 것일까?

떠올릴 수 있는 것은 한 가지 경우밖에 없었다.

'그들이구나.'

[우리는 흑성교라고 하는 단체입니다.]

아무래도 루크의 계략이 통한 것 같았다.

"감히 샤룬가의 연락 수정구에 간섭하다니, 이러고도 무사할 거라 생각하는가?"

[무례를 용서하시지요. 공께 은밀히 접촉하기 위해서는 어쩔 수 없었습니다.]

베르너의 위협에도 상대 쪽에서는 전혀 움츠러드는 게 없었다.

그만큼 자신이 있다는 것이리라.

"흑성교라는 곳은 처음 들어 보는데."

베르너는 시치미를 떼며 되물었다.

[공은 모르시겠지만, 우리는 이미 북부의 여러 가문들과 접촉하고 있습니다.]

"다른 가문들이라……?"

[상세히 말씀드리긴 어려운 점 양해 부탁드리지요.]

베르너도 더 이상 묻지는 않았다.

그것만으로 대답은 충분했으니까.

저들은 루크가 찾던 그 단체가 맞는 것 같았다.

[최근 라바흐와 슈넬덴의 건곤일척 건으로, 샤룬도 전력 증강에 관심이 많다 들었습니다.]

"벌써 거기까지 소문이 났나?"

베르너가 심드렁하게 대꾸했다.

역시 휘하 가문들 중에 흑성교와 접촉하는 이가 있었던 모양이다.

자신이 그 지시를 내린 지 얼마나 되었다고, 이렇게나 금방 흑성교의 귀에 들어가다니.

저들은 예상했던 것보다 훨씬 더 깊게 들어와 있다는 방증이리라.

'제 목숨 줄을 누가 쥐고 있는지도 모르는 멍청한 것들.'

만에 하나 슈넬덴이 차용증을 확 풀어 버리기라도 한다면, 모두들 죽은 목숨이다.

그것도 모르고서 슈넬덴을 적대시하는 이들과 협력하다니.

'내가 알 바는 아니지.'

어쨌든 그의 관심사는 오직 어떻게 해야 샤룬가가 살아남을 수 있을지였다.

"그래서 그것 때문에 수정구까지 가로챈 것인가?"

[저희가 도움을 줄 수 있어서 연락을 드린 겁니다.]

"그대들이 샤룬가의 전력 증강을 도울 수 있다고? 어떻게?"

[말로 설명해 드리기 어려우니 직접 보시는 게 어떠신지요. 이번은 그저 인사 차 연락을 드린 것이니, 자세한 이야기는 만나서 하시지요.]

베르너는 속으로 쾌재를 불렀다.

저들을 직접 만난다면 루크에게 조금이라도 더 많은 정보를 전달할 수 있을 테니까.

그러나 속마음과 달리 겉으로는 콧방귀를 뀌었다.

여기서 상대 제안을 너무 덥석 물어도 의심을 사지 않겠는가.

"내가 그대들을 어떻게 믿고서 만나지?"

[안타깝게도 저희가 드릴 수 있는 정보는 그게 전부입니다. 공께서 믿지 못하시겠다면…… 방법은 없군요.]

수정구 속 목소리가 착 내려앉았다.

[샤룬은 슈넬덴을 쉽게 집어삼킬 정도로 강해질 기회를 놓치는 것뿐일 테니.]

그는 진심으로 안타깝다는 듯 혀를 찼다.

[생각이 없다면 이만 줄이지요, 그럼.]

"아, 아니, 잠깐만."

베르너가 다급히 그를 붙잡았다.

[마음이 바뀌셨습니까?]

"일단 한번 만나 보는 것까지는 괜찮겠군."

[잘 생각하셨습니다. 3일 후, 저녁 10시에 관청 뒤의 골목에서 뵙지요.]

뚝.

이내 수정구의 붉은 빛이 꺼졌다.

그리고 베르너는 곧장 루크에게 연락을 넣었다.

❧

그날 저녁.

툭.

누군가 베르너의 방 창문을 열고 들어왔다.

이 시간에 창문으로 들어올 만한 사람은 '그자'밖에 없었다.

그런데 오늘은 그가 복면을 뒤집어쓰고 있지 않았다.

"오랜만이야."

"역시 그대가 맞았군."

베르너도 예상했다는 듯 고개를 끄덕였다.

슈넬덴의 실세인 복면 괴인의 정체는 역시 루크였다.

"왜? 뭐 문제라도 있어?"

"아니네. 그저 놀랐을 뿐이지. 고작 열여섯 살짜리 소년이 슈넬덴의 실세였을 줄이야."

아무리 예상은 했다지만, 이렇게 직접 눈으로 확인하니 놀랍다는 생각밖에 들지 않았다.

"어쨌든 빨리 일 얘기나 하자고."

루크는 익숙하다는 듯 소파에 걸터앉았다.

베르너도 그를 따라 맞은편에 앉았다.

그리고 이야기가 시작되었다.

그는 흑성교가 수정구를 가로챈 것부터 그간의 대화까지 아주 자세히 말해 주었다.

"……그렇게 된 것이네."

루크는 이야기가 끝났음에도 팔짱을 풀지 않았다.

아마 그 이야기들을 곰곰이 곱씹는 중이리라.

"이렇게 빨리 만나게 될 줄은 몰랐는데."

"공자의 예상대로 그들이 내 휘하 가문에도 벌써 접근한 듯하네."

"어느 틈에 저놈들이 활개를 치고 다닌 건지……."

오르겐을 통해 북부의 흐름에 대해서는 속속들이 파악하고 있다고 생각했는데.

지금 상황을 보니 그것도 아닌 모양이다.

물론 연락 수정구를 가로챌 정도의 조직이니 그만큼 비밀스럽게 움직였을 테지만, 그런 점을 감안하더라도 놓치고 있는 정보가 많은 건 사실이었다.

'역시 때가 되면 정보 조직을 만들긴 해야겠어.'

어쨌든 지금은 이미 벌어진 일에 집중해야 했다.

저들의 정보를 생각보다 쉽게 얻어 낼 기회가 왔으니까.

'잘만하면 그 보석을 직접 눈으로 확인할 수도 있겠고.'

가만히 생각에 잠긴 루크가 불안해졌는지, 베르너가 슬그머니 물었다.

"그래서 이제 어찌하면 되겠나?"

"저쪽에 대해 아는 게 없으니, 일단은 직접 만나 봐야겠지."

"공자도 함께 가는 것인가?"

"물론. 내가 확인 안 하면 누가 확인해?"

"그래도 괜찮겠나? 자네의 얼굴은 쉽게 알아볼 텐데."

베르너가 걱정스러운 목소리로 물었다.

그동안 슈넬덴이 워낙 폐쇄적으로 있었으니, 두 공자의 얼굴이 그렇게 잘 알려지지는 않았을 것이다.

그러나 흑성교 정도 되는 곳이라면 슈넬덴 공자의 얼굴쯤은 당연히 알고 있을 터.

자신이 루크를 데리고 나타난다면 분명 그들의 의심을 살 것이다.

"그건 걱정 마. 생각이 있으니까."

"오, 무슨 방법인가?"

"있어. 나중에 보면 알 거야."

루크는 자리에서 일어났다.

"어쨌든 약속 날짜까지는 여기서 신세 좀 질게."

"알겠네. 자네 집이라 생각하고 맘껏 쓰…… 왜 그러는가?"

베르너는 말을 하다 말고 멈칫했다.

루크가 살벌한 눈으로 자신을 보고 있었기 때문이다.

'언제부터 노던 관청이 너희 거였다고…….'

루크는 그 말을 굳이 입 밖으로 꺼내진 않았다.

지금 당장 가지고 올 수 있는 상황도 아닌데, 굳이 말해서 녀석과의 관계를 이상하게 만들 필요는 없었으니까.

'빼앗긴 걸 되찾아오는 데에도 남들 눈치를 봐야 한다니.'

이러니까 하루라도 빨리 가문을 부활시키고 싶은 것이다.

어쨌든 지금은 미우나, 고우나 샤룬과 함께 가야 하는 처지였다.

다만 저렇게 괘씸한 소리를 했으니 그에 대한 작은 복수 정도는 해 줘도 괜찮겠지.

"아무것도 아니야."

"아무것도 아닌 게 아닌 것 같은데……."

"진짜야. 그냥 내 집이라 생각하고 맘껏 쓸게."

베르너는 루크의 그 말이 그렇게 무섭게 다가올 수가 없었다.

샤룬가와 거래를 성사시켰고 비스크 영지를 가져왔으며, 오르겐 상단의 실질적 주인인 데다가 라바흐의 신성들을 모조리 꺾은 일까지.

이게 고작 열여섯 살짜리 소년이 1년 남짓한 기간 만에 이뤄 낸 업적이라면 믿을 수 있겠는가?

혹자는 아마 영웅 전기에서도 그런 일은 일어나지 않을 거라며 핀잔을 늘어놓을 것이다.

하지만 베르너는 자신의 눈으로 직접 보았다.

슈넬덴의 이 공자 루크 슈넬덴의 활약을.

그렇기에 확신했었다.

슈넬덴이 반드시 부활할 것이라고.

부활을 넘어 더 높이 비상할 수 있을 거라고.

그래서 슈넬덴을 따르는 것에 큰 고민은 없었다.

뭐 어차피 차용증이라는 목줄이 채워져 있기는 했지만, 그래도 이왕이면 미래가 창창한 가문의 개가 되는 게 낫지 않겠는가.

'그렇게 생각했는데…….'

똑똑똑.

베르너는 문을 두드렸다.

그의 옆에는 음식을 옮기는 트레이가 놓여 있었다.

그 모습은 마치 집사를 보는 것 같았다.

"들어와."

문 안에서는 루크의 목소리가 들려왔다.

"오늘 점심 식사를 가져왔네."

"거기 놓고 가."

루크는 침대에 틀어박힌 채 손만 휘적거렸다.

빠직!

베르너의 이마에 혈관이 도드라졌다.

그래도 자신이 나름 샤른가의 가주인데, 며칠째 이렇게 집사처럼 부려 먹다니.

'차용증이고 뭐고, 그냥 확……!'

"어쩔 수 없잖아."

루크의 대답에 베르너가 흠칫했다.

저 자는 하다 하다 속마음까지 읽는 것일까.

"슈넬덴의 자제가 노던 관청을 버젓이 돌아다니면, 남들이 뭐라고 생각하겠어?"

"그건…….."

"그냥 확 나가서 돌아다녀? 아마 제일 곤란해지는 건 너일 텐데?"

"그렇긴 하네."

"그러니까 이게 다 널 위한 거야."

이불 속에서 팔만 쑥 빠져나오더니, 베르너의 손을 톡톡 쳐 주었다.

뭔가 이상한 것 같은데, 또 반박할 말이 떠오르지도 않았다.

왠지 저 이상한 논리에 말려드는 것만 같은 기분.

베르너는 세차게 고개를 틀며 그 늪에서 빠져나왔다.

"아니, 그대 정도면 아무도 모르게 음식을 가지고 오는 건 별일도 아니잖은가?"

"거, 눈치는 빨라 가지고."

"그래서 뭘 어쩔 셈인가?"

베르너가 초조한 마음에 버럭 화를 냈다.

"곧 있으면 저들을 만날 시간이네. 공자에게 뭔가 수가 있을 거라 생각해서 잠자코 기다렸는데, 3일 내내 이렇게 놀고 먹고만 있으면 어떡하자는 것인가?"

아직 루크를 동행시킬 만한 수가 마땅히 나오지 않았다.

이 상태로 루크를 데리고 갔다간 분명 의심을 사게 될 터.

아직 흑성교의 세력이 얼마나 크고 강한지 전혀 파악도 되지 않은 상황에서 이건 꽤 큰 문제였다.

그런데도 방법이 있다고 하던 루크가 저렇게 어기적거리고 있으니, 초조하지 않을 수가 없었다.

'혹시 자신들과는 상관없다고 생각해서?'

그런 생각도 들었다.

샤룬과 슈넬덴의 지난 200년간의 관계를 생각해 보면 이상한 것도 없었다.

하다못해 작년만 하더라도 자신들이 슈넬덴을 망하게 할 뻔했으니까.

"됐네. 공자가 움직이지 않겠다면 지금이라도 내 나름대로 대처 방안을 세워 두지."

베르너가 몸을 돌려 나가려고 할 때, 루크가 이불 밖으로 나왔다.

"거참, 누가 놀고먹기만 했다고."

"3일 내내 침대에 누워 밥만 먹는 게 놀고먹는 게 아니면 뭐란 말이…… 응?"

베르너는 루크의 모습을 보고 깜짝 놀랐다.

"이게 어찌 된 것인가?"

루크의 체형이 달라져 있었다.

원래도 나름 건장한 체격이었지만, 지금은 그것보다 훨씬 벌크 업이 된 느낌이었다.

만약 저 상태에서 얼굴만 가린다면, 절대 루크처럼 보이지 않았다.

"그동안 펌핑 좀 했지."

"펌핑이라니?"

"체내의 마나를 잘만 조정하면 잠깐 동안 체형을 바꾸는 게 가능하거든."

루크는 자신의 몸을 통통 두드려 보았다.

"말하자면 풍선에 바람 넣는 거야. 풍선이 근육이라면 바람은 마나지."

"그게 가능한가?"

아무리 상인 출신이라 하더라도 베르너 역시 나른 검을 배운 사람이었다.

그런 그도 지금껏 검을 익히며 저렇게 한순간에 몸을 바꾸는 게 가능하다는 말은 들어 본 적이 없었다.

굳이 말하자면 일정 경지에 오르면 몸이 무예를 익히기 가장 좋은 형태로 바뀐다는 환골탈태 정도?

그러나 3일간 놀고먹으면서 무슨 깨달음을 얻었겠는가.

그런데 더욱 놀라운 건 루크의 대답이었다.

"환골탈태의 이론을 공부하다 시험 삼아 만들어 본 기술인데, 이걸 여기서 쓰게 될 줄은 몰랐네."

준비는 3일 동안 해야 하는데 정작 채 하루도 버티지 못하는 데다가 그저 크기만 부풀려진 근육인 만큼 오히려 신체 능력이 저하될 뿐이라 쓸모가 없겠거니 생각했었다.

하지만 무용지용이라고 생각한 기술이, 이럴 때 활약을 하게 될 줄이야.

슥.

루크는 미리 준비해 둔 가발과 렌즈까지 꼈다.

그러고는 베르너를 바라봤다.

"이 정도면 감쪽같지?"

"그, 그런 것 같군."

"그럼 나가자고. 내가 호위 기사로 따라갈 테니까."

루크가 허리에 검을 차고는 밖으로 나갔다.

베르너는 그런 루크의 뒷모습을 멍하니 바라보고 있었다.

'대체 저자의 한계는 어디인지……'

사람에 대한 순수한 호기심이 드는 건 처음이었다.

"정말 괜찮겠나?"

베르너가 불안한 듯 물었다.

그 옆에는 라바흐 가의 갑옷을 입고 있는 루크가 있었다.

"괜찮대도. 지금 네가 봐도 괜찮아 보이지 않아?"

노란색의 머리와 푸른색의 눈, 전에 비해 훨씬 커진 덩치까지.

게다가 투구까지 쓰고 있으니 루크는 전혀 다른 사람 같아 보였다.

"무엇보다 샤룬 가주의 호위 기사로 슈넬덴의 혈족이 있을 거라고 누가 생각하겠어?"

"하긴 그 말도 맞는 것 같네만……."

그렇다고 해도 자신이라면 절대 이런 작전은 실행하지 못했을 것이다.

행여나 일이 잘못되어서 발각이라도 된다면?

그 생각이 하루 종일 머릿속에 맴돌고 있을 테니까.

'역시 보통 배짱이 아니야.'

절대 들키지 않는다는 자신감이 있으니, 이런 작전을 할 수 있는 것이다.

그가 루크의 배포에 감탄하고 있는 사이,

다그닥다그닥.

저 멀리서 마차 한 대가 다가왔다.

겉보기엔 평범해 보이는 마차였다.

그러나 그들은 흑성교에서 보낸 마차라고 확신했다.

마부가 검은 후드를 뒤집어쓰고 있었으니까.

"샤룬 공, 모시러 왔습니다."

그가 마부석에서 내리며 인사했다.

그걸 본 베르너는 인상을 찌푸렸다.

"상호 간에 인사를 할 땐 후드를 벗고 얼굴을 보이는 게 예의가 아니던가?"

"죄송하지만 이는 저희 교단의 규칙이라 벗을 수 없습니다."

"흠, 아주 비밀스러운 단체로군."

그들이 대화를 이어 가는 동안, 루크는 마부를 더욱 유심히 지켜봤다.

'마나 코어는 있는데, 그렇게 강해 보이지는 않는군.'

이로써 한 가지는 확실해진 것 같았다.

그 보석은 흑성교 내에서도 꽤나 귀하거나 혹은 아직 실험 단계라는 것.

만약 널리 보급되었다면, 저런 말단 녀석의 코어에도 그게 심겨 있었겠지.

'다행이야.'

이 정도라면 아직은 자신의 손에서 처리가 가능할 수 있을 것이다.

"그럼 두 분 모두 주교님이 계신 곳까지 모시겠습니다."

그사이 둘의 대화가 끝난 모양이다.

둘은 마부의 안내에 따라 마차로 올랐다.

그런데 마차의 내부는 어딘가 이상했다.

"원래 안쪽이 이렇게 깜깜한가?"

모든 창문이 검게 칠해져 있어 마차 안으로는 외부의 빛이 전혀 들어오지 않았다.

다시 말해 내부에서 외부를 전혀 볼 수 없는 구조였다.

아마 자신들이 어디로 가는지 유추할 수 없게 하려는 속셈일 테지.

"이 역시 보안상 어쩔 수 없으니, 이해 부탁드리겠습니다. 불편하시면 가운데 있는 조명석을 켜 주시면 됩니다."

"흐음, 알겠으니 얼른 출발하지."

이윽고 마차가 출발했다.

말발굽 소리에 맞춰 마차가 흔들렸으나, 밖이 보이지 않으니 어느 방향으로 가고 있는지 전혀 알 수가 없었다.

"이거 곤란하게 되었군."

베르너가 속삭이듯 말해왔다.

"왜?"

"그야 이러면 놈들의 본거지를 알아낼 수가 없잖은가."

"그걸 왜 몰라?"

"당연히 모르지. 그걸 말이라고 하는가? 밖이 보이지가 않는데."

"그걸 꼭 봐야만 아나?"

"그럼 어떻게 알지?"

"지금 오스가 2번로 지나고 있잖아. 아니다, 지금 한 바퀴 더 돌았으니까 이제 3번로겠네."

루크의 말에 베르너가 눈을 동그랗게 떴다.

"어, 어떻게 한 것인가?"

"쯧쯧, 명색이 노던을 관리한단 사람이 노던 지리도 다 못 꿰고 있나?"

"지리를 다 외운다 해도 뭐가 보여야 알 수 있는 것 아닌가?"

"그럼 이 상태로 방향만 느끼면 쉽겠네."

"아니……."

말도 안 되는 소리였다.

자신이라고 그걸 안 해 봤겠는가.

마나를 방출해 방향을 파악하는 초보적인 기술 정도는 쉽게 사용할 수 있었다.

다만 마차에는 마나가 통하지 않게 하는 특수한 장치가 되어 있는 바람에 잘 작동하지 않은 것뿐.

그건 루크도 마찬가지일 터.

'그럼 저자는 마나도 없이 순수 감각만으로 방향을 유추하고 있다는 건가?'

그것도 일부러 혼선을 주기 위해 마차 방향을 이리저리 바꾸는 상황에서?

저런 사람이야말로 정말 초인이라 불러야 하는 게 아닐까.

루크의 능력에 감탄하고 있는 사이, 마차는 계속 달려 목적지에 도착했다.

"내리시기 전에 이것부터 해 주시지요."

마부가 건넨 건 안대였다.

참 가지가지 한다는 생각이 들었다.

이렇게까지 보안을 유지하니까, 이 정도로 세력을 키울 때까지도 걸리지 않은 거겠지.

'그래 봐야 소용은 없겠지만.'

루크는 순순히 그 안대를 받아 썼다.

그 순간에도 루크의 감각은 이미 주변을 읽고 있었다.

장소의 위치와 규모, 배치된 인원 등.

여러 정보들을 파악하다 보니, 어느새 그들은 저택 내부의 응접실로 옮겨졌다.

중간에 몸수색까지 샅샅이 하는 것만 봐도 보통 조심스러운 녀석들이 아닌 것 같았다.

"여기까지 오느라 수고 많았습니다. 저는 흑성교의 북부 교구의 주교 콴이라고 합니다."

상석에 앉아 있는 녀석 역시 후드를 뒤집어쓰고 있었다.

그러나 그 목소리만큼은 익숙했다.

베르너가 수정구를 통해 들었던 것과 같은 목소리였으니까.

아마도 이자가 주교라는 인물이겠지.

"여긴 누구 하나 얼굴을 드러내는 자가 없군."

"죄송합니다. 그것이 저희 흑성교의 규칙인지라……."

"되었으니 말해 보도록. 어떻게 우리의 전력을 강화시킬 수 있는지."

베르너가 무게를 잡고 말했다.

괜히 빚쟁이가 아닌지, 적진 한가운데에서도 대화의 주도권을 쉽게 빼앗기지 않았다.

"물론이죠."

콴이 눈짓을 하자 한 녀석이 뒤쪽 방에서 가방을 들고 나왔다.

툭.

가방을 열자 그 안에는 검은색의 보석이 들어 있었다.

루크는 그것이 바트의 코어에 박혀 있던 것과 같은 것이라는 걸 바로 알아차렸다.

'묘한 기운이야.'

루크는 좀 더 유심히 그 보석을 살펴봤다.

슈넬덴가의 가주로서 나름 많은 것을 공부하고, 경험도 쌓았노라 자부하는 그였다.

그럼에도 이 보석의 구조는 처음 보는 것이었다.

그러나 보석이 가지고 있는 방대한 기운 만큼은 확실히 느

꺼졌다.

'이거 이렇게만 봐서는 모르겠는데.'

할 수만 있다면 직접 가져가서 더욱 자세히 연구해 봐야 할 것 같았다.

그가 너무 오랫동안 보석에 흥미를 보여서였을까.

콴도 그의 관심을 알아차렸다.

"오, 호위 기사의 눈썰미도 꽤나 좋은 것 같군요. 하긴 실력이 있을수록 이 녀석의 진가를 바로 알아보는 법이지요."

콴은 다시 베르너 쪽으로 고개를 돌렸다.

"가주님, 우리 교단에서는 이걸 흑요석이라 부릅니다."

"흑요석?"

"예, 이걸 코어에 심으면 마나를 강화할뿐더러 그 마나를 수족처럼 부릴 수 있게 도와줄 겁니다."

콴은 목소리는 낮췄다.

"흑요석의 능력은 아마 이번 건곤일척에서 봤을 테지요?"

"건곤일척이라……?"

베르너는 전혀 모른다는 듯 되물었다.

"100년이 넘도록 전혀 진척이 없던 천절백아검. 라바흐가 그걸 완성할 수 있었던 이유가 바로 이것 때문이니까요."

"그랬었군. 하면 따로 부작용은 없는가?"

"이제야 구미가 좀 당기시는가 보군요."

"……"

"장담컨대 흑요석엔 어떠한 부작용도 없습니다. 못 미더우시면 저희와 거래 중인 가문들에게 물어보셔도 좋습니다."

콴이 자신 있게 말했다.

말하는 걸 보니, 라바흐나 샤룬 말고 다른 가문들과도 거래하고 있는 것 같았다.

베르너는 좀 더 정보를 캐볼 요량으로 콴에게 질문했다.

"그럼 너희는 그걸 왜 다른 가문에게 팔고 있는 거지?"

"그게 뭐 문제라도 됩니까?"

"상식적으로 그렇게 대단한 거라면 너희끼리만 사용해도 괜찮을 텐데?"

"그 이유가 궁금하시다라……."

콴은 뭔가 생각하는 듯 뜸을 들이더니, 이내 다시 입을 열었다.

"일단은 돈을 벌기 위해서입니다. 보다시피 이런 물건은 부르는 게 값이지요."

"고작 돈 때문만은 아닌 것 같은데?"

"물론 더 있죠."

콴의 왼쪽 입꼬리가 위로 올라갔다.

"그걸로 슈넬덴을 이겨 주십사 하는 겁니다. 이왕이면 공개적으로요."

"슈넬덴을? 어째서지?"

"그것까지는 보안상 말해 줄 수 없군요."

"그런가?"

"다만 우리가 어디와 협력하고 있는지 알면, 일부 궁금증은 풀릴 겁니다."

툭.

콴이 금패 하나를 슬쩍 내밀어 보였다.

그걸 본 베르너와 루크의 눈이 흔들렸다.

금사자의 문양, 그것은 바로 코넬리오의 문양이었으니까.

"이것으로 답변은 충분하겠지요?"

"그런 것 같군."

"그래서 어쩌시겠습니까? 흑요석을 몇 개 더 들고 왔으니 이 자리에서 바로 구매하셔도 됩니다. 가격은……."

콴은 손가락 다섯 개를 펼쳤다.

"하나당 5억 골드면 충분하겠군요. 슈넬덴을 이기고서 얻게 될 이득을 생각하면 전혀 비싼 값이 아니지요."

"나는……."

베르너가 깍지낀 손을 책상에 올렸다.

그의 눈매가 날카롭게 빛났다.

"구매하지 않겠네."

"의외로군요, 그토록 슈넬덴을 이기고 싶다고 하시던 분이."

"우리 가문엔 '내가 뭔가 필요한 순간에 누군가 너무나 좋은 조건을 제시한다면 그건 사기다.'라는 말이 있지."

베르너는 짐짓 신중한 가주의 얼굴을 했다.

"그러니까 지금 우리가 사기꾼이라는 거군요?"

"그런 의미는 아니라네. 그저 조금 신중하게 생각할 거리가 있다는 것이지."

"뭐, 좋습니다."

콴도 다시 여유를 찾은 듯 어깨를 으쓱했다.

"저는 당분간은 여기서 머물 테니, 생각해 보시고 결정하시지요."

"그러도록 하지."

베르너는 그렇게 말하고 루크 쪽을 쳐다봤다.

'정말로 구매하지 않을 건가? 그럼 어떻게 하려고.'

마차를 타고 오는 길에, 루크는 절대 흑요석을 구매하지 말라고 했었다.

5억 골드가 큰돈이기는 해도, 그렇게 위험한 흑요석을 분석하기 위해서는 반드시 충분히 지불할 수 있는 금액이 아닌가.

'이 또한 뭔가 뜻이 있는 거겠지.'

지금껏 루크가 하는 걸로 봐서는 이번에도 무슨 수가 있을 것이다.

자신은 전혀 생각지도 못한 무슨 수가 말이다.

※

"주교님, 저들을 저대로 보내도 괜찮을까요?"

검은 후드를 뒤집어쓴 이가 창밖을 가리키며 말했다.

창밖에는 베르너와 그의 호위 기사가 마차에 타고 있는 게 보였다.

"이러다 우리들에 대해 알려지기만 하는 건 아닐지……."

최대한 세간의 눈에 띄지 말 것.

그것이 흑성교의 최우선 원칙이었다.

자신들이 정체를 알려도 되는 대상은 오직 하나, 흑요석을 거래하는 이였다.

샤룬이 저대로 거래하지 않고 떠난다면, 그 원칙을 어기게 되는 것이다.

"걱정하지 말거라."

콴의 목소리는 여전히 여유로웠다.

"저렇게 의심부터 하는 녀석들을 처음 보는 것도 아니고."

"하긴 라바흐도 그랬군요."

"그래, 어차피 그들은 결국 우리를 찾아오게 돼 있어."

흑요석의 힘은 결코 이 세상의 것이 아니었다.

그리고 그걸 직접 확인했다면 누구라도 침을 질질 흘릴 것이다.

자신들의 임무는 그 욕심을 이용해 흑요석을 널리 퍼뜨리는 것.

흑요석이 널리 퍼질수록 그분의 힘 또한 계속해서 강해질 테니까.

"그래도 혹시 모르니 일단 거처를 옮길 준비는 해 둬. 저 놈들을 데려다주고 나면, 바로 다음 아지트로 옮긴다."

"예!"

"흑요석은 보관실에 가져다 두고. 어차피 그곳이 제일 안전하니까."

"알겠습니다."

교도들이 흑요석이 든 가방을 다시 방에다 가져다 두고는 짐을 챙기기 시작했다.

그런 그들은 모르고 있었다.

이미 누군가가 그 흑요석을 노리고 있다는 것을.

루크와 베르너는 다시 마차를 타고 왔던 곳으로 되돌아가는 중이었다.

"흑요석이라는 물건, 직접 보니까 더 걱정되는군."

베르너가 심각한 표정으로 말했다.

"자네도 그 오묘한 기운을 봤는가?"

"그렇지."

"저들의 계획대로 흑요석이 북부 전 가문에 퍼진다면, 아무리 그대가 있는 슈넬덴이라 해도 버티기 힘들 것 같은데."

"그래?"

루크가 건성으로 대답했다.

꼭 어디 다른 데에 정신이 팔려 있는 것 같았다.

"무슨 일이 있어도 흑요석을 공수해 와 조사를 해 봐야 할 걸세."

"그렇겠지."

"그런데 왜 그대는 흑요석을 사지 말라고 한 건가?"

"……."

"아니, 그런데 아까부터 대체 뭘 하고 있는 겐가?"

"보면 몰라? 옷 갈아입고 있잖아."

루크는 갑옷을 벗어 던지고 검은색 슈트를 입느라 낑낑거리고 있었다.

저 옆에 놓인 검은 복면까지 쓴다면 영락없는 밤손님의 모습이리라.

"아니, 누가 그걸 몰라서 묻는가? 내 말은 도둑도 아니고 그걸 왜 입느냔 말이지."

"맞아."

"뭐가 맞다는 건가?"

"도둑이 맞다고."

"자네 설마?"

씨익.

루크가 웃는다.

"정말로 흑요석을 훔쳐 올 셈인가?"

"슈넬텐이 망하길 바라는 녀석들한테 5억 골드라는 큰돈을 줄 순 없잖아. 그 돈을 어떻게 쓸 줄 알고."

"아무리 그래도 그렇지, 그대도 봤겠지만 그곳엔 실력자가 많았네."

"그래서 훔치겠다는 거잖아. 옛날 같았으면 이런 고생 없이 그냥 털어 버렸을 건데, 쯧."

루크는 그 사실이 마음에 들지 않았는지 혀를 찼다.

"이래서 몸이 안 좋으면 머리가 고생한다니까."

"……."

베르너는 그런 루크를 멍하니 보고 있었다.

흔히 뛰어난 기사는 가진 실력만큼 자신감을 비친다고 하던데, 그럼 저자는 대체 어느 정도의 실력을 가지고 있는 걸까.

모르긴 몰라도 저렇게 무모한 행동들을 하려면, 대륙 제일의 고수 정도는 되어야 할 것이다.

"그래, 훔치는 건 그렇다 치고…… 지금 여기서 빠져나가는 건 어떻게 할 건가?"

지금 이곳은 달리고 있는 마차 안.

심지어 밖도 안 보이는 마차 안에서 무슨 수로 나가겠다는 말인가.

그러나 루크는 아무렇지 않게 대답했다.

"그것도 방법이 있지."

루크가 검을 뽑아 들었다.

"너도 이쪽으로 와. 단번에 해야 하니까."

"대체 뭘 하려는 거지?"

"쉿. 이제부터 집중해야 해."

루크는 뭔가를 생각하듯 눈을 감았다.

검을 든 채로도 미동도 없으니 마치 동상처럼 보였다.

그 정도로 그는 무엇인가에 집중하고 있는 것이다.

얼마나 시간이 흘렀을까.

루크가 눈을 번쩍 떴다.

서걱.

그러고는 바닥을 향해 검을 휘둘렀다.

"지금 뭘…… 으읍!"

쑤욱.

둘의 몸이 마차 아래로 푹 꺼졌다.

아래가 땅바닥이라면 큰 부상으로 이어질 수도 있는 상황.

베르너는 반사적으로 얼굴을 가렸다.

첨벙.

그러나 들려온 소리는 웬 물소리였다.

"음?"

베르너는 눈을 번쩍 떴다.

그가 있는 곳은 작은 수로였다.

"허."

입에서는 저도 모르게 헛웃음이 흘러나왔다.

"마차가 수로 위를 지나갈 때 정확히 그쪽으로 떨어졌다고?"

루크가 고개를 끄덕인다.

정말 별거 아니라는 듯이.

그럴 리가 없다.

저 타이밍을 정확히 계산하기 위해서는 얼마나 많은 정보가 필요한가?

수로까지 파악하고 있는 노던의 지리, 현재 마차의 위치, 마차의 속도 등등.

셀 수도 없이 많은 것들이 딱 맞아떨어져야만 할 수 있는 것이다.

그런데 이자는 뭔데 그걸 저렇게 아무렇지 않게 해낸단 말인가.

그러고 보니 어느새 루크의 체형은 원래대로 돌아와 있었다.

'사람이 아니야.'

이제는 그런 생각밖에 들지 않았다.

도대체 저자는 깜깜한 마차 안에서 어디까지 파악하고 있는 걸까.

직접 함께 움직여 보니 더욱 확신이 드는 것 같았다.

역시 슈넬덴 쪽에 붙는 게 옳은 선택이었다고.

"물건은 내가 가지고 올 테니까 너도 관청에 가 있어. 혹시 모르니 경비 수준은 최대로 올리고."

"고맙네."

베르너는 수로에서 기어 나오며 말했다.

그러나 뒤에선 어떤 대답도 들려오지 않았다.

이미 루크는 어둠 속으로 사라진 뒤였기 때문이다.

'정말로 흑요석을 훔쳐 올 수 있으려나?'

지금껏 보여 준 루크의 능력을 생각해 보면, 그리 어려운 것도 아닌 것 같았다.

루크는 다시 흑성교의 저택으로 돌아왔다.

조금 전에 파악했던 대로 저택 주변엔 경비들이 쫙 깔려 있었다.

그들은 하나같이 마나를 다룰 줄 아는 자들.

그러나 루크에게는 그게 그리 큰 문제는 아니었다.

과거에는 이보다 훨씬 더 삼엄한 곳도 들락날락한 적도 많았으니까.

'거기에 비하면 여기 정도야.'

루크는 백운보를 극성으로 펼쳤다.

우웅―!

3개의 코어가 동시에 공명하자, 여태껏 보지 못했던 백운

보의 움직임이 나왔다.

　과장을 조금 보태 루크가 바로 옆을 지나가고 있었음에도,
경비들은 전혀 눈치채지 못할 정도였다.

　"후우."

　담장 안으로 들어온 루크는 다시금 호흡을 가다듬었다.

　조금 전의 기억을 더듬어 가며 창문의 위치를 파악했다.

　'저긴가?'

　콴과 이야기를 나눴던 곳 바로 옆 방.

　아마 저곳이 흑요석이 보관되어 있는 곳이리라.

　루크는 마치 바닥을 걷듯 빠른 속도로 창문까지 올라갔다.

　스윽.

　그는 창문 안쪽을 들여다보더니, 표정이 밝아졌다.

　방 한쪽 벽면에는 흑요석이 담긴 상자가 자리하고 있었다.

　'물건은 확인했고…….'

　그러나 아직 모든 게 해결된 게 아니었다.

　아니, 이제부터가 진짜라고 할 수 있었다.

　'역시 황색 마탑에서 만든 보안 장치들이 쭉 깔려 있네.'

　루크는 방 안을 들여다보며 치를 떨었다.

　가장 기본적인 결계뿐만 아니라, 건드리는 순간 경보를 울
려댈 센서, 그리고 침입자를 묶어 둘 트랩까지.

　보관실 안에는 온갖 보안 장치들이 깔려 있었다.

　그것도 만듦새를 보아하니 하나같이 황색 마탑의 작품 같

았다.

황색 마탑이라면 예로부터 기관, 장치 제작에 있어 대륙 제일로 꼽히는 곳.

슈넬덴의 보안 장치들도 대부분 그들을 초청해 만든 것이었다.

그런 황탑에서 만든 장치인 만큼 단 한 번이라도 삐끗한다면, 곧장 저들에게 알려질 것이다.

'그렇게 되면 그냥 싸워야 하나.'

될 수 있으면 그런 일은 피해야 했다.

많지는 않지만, 저 중에는 흑요석을 사용하는 이들이 있었다.

그들과 한꺼번에 싸운다고 해서 지지는 않겠지만, 단번에 제압할 수는 없을 것이다.

그럼 당연히 최종 목표인 흑요석도 가져올 수 없을 테고.

'그러니까 빡 집중해서 한 번에 끝내자.'

루크는 그렇게 다짐하며 창문 틈으로 얇은 줄을 밀어 넣었다.

서걱.

줄에 마나를 주입하자 걸쇠가 깔끔하게 잘려 나갔다.

'여기까지는 좋고.'

루크는 창문을 타고 방 안으로 미끄러져 들어갔다.

외부의 침입을 막는 결계가 쳐져 있었지만, 루크에겐 문제가 되지 않았다.

결계는 마나를 둘러쳐 내부를 보호하는 기초적인 보안 수단.

마나에 숙련된 자들에겐 결계의 틈 정도는 훤히 보였다.

그리고 몸이 민첩하기만 하면 그 틈을 통과하는 것도 충분히 가능했다.

루크에게는 둘 다 자신 있는 일이었다.

'문제는 그다음이지.'

방 전체에 넓게 퍼진 붉은색 선을 보라.

저기에 스치기라도 한다면, 곧장 경보가 울려 댈 것이다.

어느 책에서는 온갖 곡예 같은 자세로 저 사이를 통과하는 도둑의 이야기가 나오기도 했지만, 이것은 현실이다.

황탑의 마법사들이 어떤 놈들인데, 설마 사람이 통과할 만한 틈을 만들어 놓을 리가 없지 않은가.

붉은색 선은 고양이 한 마리도 지나가지 못할 정도로 빽빽하게 들어차 있었다.

아마 흑성교도 이 장치를 굳게 믿고 있을 것이다.

그러나 그걸 보는 루크의 입가엔 은은한 미소가 걸렸다.

'예전 생각나네.'

루크는 옛 추억을 떠올리며 검에 마나를 집어넣었다.

정확히 저 붉은 선이 가진 마나의 양과 동일해질 때까지.

그리고 망설임 없이 그 검을 붉은 선 사이로 집어넣었다.

마나량을 조금이라도 잘못 조절했다가는 여기서 경보음이 울려 퍼질 것이다.

"……."

다행히 경계는 작동하지 않았다.

루크의 검이 붉은 선과 완전히 똑같은 마나였기에 그것을 인식하지 못한 것이다.

붉은 선이 검에 반사되는 덕분에, 사람이 충분히 지나갈 만한 구멍이 생겼다.

아마 이건 누구도 시도하기는커녕 생각도 못한 방법일 것이다.

어떻게 확신하냐고?

─어떻게 넌 마나 센서가 쫙 깔린 황탑 안을 버젓이 들어오는 거야? 여기 설치해 둔 장비가 몇 갠데! 제작자 놈들 싹 다 물갈이하든가 해야지.

─잘 들어오면 되죠.

─그러니까 그 방법이 뭐냐고?

─그건 영업 비밀입니다.

200년 전, 황탑주조차 알지 못했던 방법이었으니까.

그조차 알아내지 못했는데, 어떤 이가 생각해 낼 수 있겠는가.

'물갈이한다더니 200년이 지나도 전혀 나아진 게 없네요."

루크는 피식 웃으며 상자 쪽으로 다가갔다.

그러나 이내 그는 다음 난관에 직면해야 했다.

'이런 것도 설치해 둔 건가?'

겉보기엔 평범한 상자 같아 보였지만, 자세히 보면 상자 손잡이에 실 같은 게 걸려 있었다.

예전에 본 적이 있는 구조. 아마도 부비 트랩이리라.

등록된 사람이 방 안으로 들어왔을 때만 잠금이 풀린다.

그렇지 않은 상태로 상자를 만진다면 곧바로 폭발할 것이다.

'어쩔 수 없겠네. 원래는 조용하게 물건만 들고 나가려 했는데.'

루크는 다시 창문으로 다가갔다.

일부러 창문을 열어 놓고는 잘라 버린 걸쇠를 그 앞에 두었다.

한눈에 보기에도 누군가 침입했다는 것을 알 수 있었다.

그는 거기서 멈추지 않고, 여태껏 꼭꼭 숨기고 있던 기척을 슬쩍 흘렸다.

아마 실력이 좀 있는 녀석이라면 이 기척을 알아챌 수 있으리라.

'예상대로야.'

누군가 보관실 쪽으로 다가오는 게 느껴졌다.

보관실에서 정체 모를 기척이 감지되었으니, 당연히 확인하러 와야 할 테지.

루크는 재빨리 몸을 숨겼다.

"후우."

천천히 호흡을 가다듬었다.

이제부터가 가장 중요한 대목이었다.

저 녀석이 문고리를 잡는 순간, 부비 트랩은 작동을 멈출 것이다.

그 후로 방으로 들어오기까지, 그 찰나 동안 상자를 열어 흑요석을 꺼내야 했다.

만약 조금이라도 어그러진다면 여기서 저들과 전투가 일어나겠지.

그건 루크로서도 피하고 싶은 상황이다.

철컥.

문고리가 돌아갔다.

우웅.

그와 동시에 보안 장치의 작동이 멈췄다.

상자에 걸린 부비 트랩도 마찬가지.

'지금이다.'

루크는 재빨리 상자를 열었다.

상자 안에는 흑요석이 세 개가 들어 있었다.

끼이익.

문이 열린다.

손을 뻗어 흑요석을 챙긴다.

동시에 천장으로 뛰어오른다.

순서는 한 치의 오차도 없이 완벽하다.

"흐음?"

문을 열고 들어온 교도가 주위를 둘러봤다.

보관실 안에는 아무도 없었다.

"누가 있는 것 같았…… 어?"

그러던 그의 눈에 열려 있는 창문이 들어왔다.

그리고 그 앞에 떨어져 있는 걸쇠도.

그의 손이 덜덜 떨렸다.

"서, 설마?"

지금 이것만 봐도 확실했다.

누군가 여기에 침입했다는 것이.

"× 됐다."

그는 사색이 되어서 주교가 있는 곳으로 달려갔다.

우웅.

그가 나가자마자 다시 보안 장치가 작동됐다.

그러나 이미 상자 속 흑요석은 루크의 손에 들어온 후였다.

'챙길 건 챙겼으니, 사람들이 더 모여들기 전에 얼른 나가
볼까?'

루크는 자신이 열고 들어온 창문으로 유유히 빠져나갔다.

Chapter 2

히이이잉!

루크와 베르너가 타고 있던 마차는 다시 관청 골목으로 돌아왔다.

마부가 내리더니 문 쪽으로 다가갔다.

그는 후드 밑에 숨은 눈으로 마차를 살폈다.

"도착했습니다. 제가 안내해 드리지요."

"……."

마차 내부는 고요한 것 같았다.

마차가 정차했다는 것 정도는 느낄 수 있을 텐데.

"나으리?"

"……."

여전히 대답이 들려오지 않았다.

왠지 모르게 불길한 예감이 들었다.

"자, 잠시 실례하겠습니다."

마부는 문을 벌컥 열고는 직접 안을 인했다.

그의 눈은 당혹감으로 물들어 갔다.

마차 안에는 아무도 없는 것이다.

"어디로 간 거지?"

분명 중간에 누가 마차에서 뛰어내리는 건 본 적이 없었다.

그러던 그의 눈에 바닥에 뚫린 구멍이 들어왔다.

"설마 바닥에 구멍을 뚫어서 도망친 건가?"

그건 말이 안 됐다.

차체의 높이도 그리 높지 않은데, 어떻게 성인 남자 둘이 달리는 마차의 바닥을 뚫고 도망칠 수 있겠는가?

그러나 지금 벌어진 광경은 그런 일이 실제로 일어났다고 말하고 있었다.

그럼 중간에 사라진 저들이 어디로 간 것일까?

좀 전의 불길한 예감이 다시 밀려왔다.

"젠장!"

그는 급하게 마차를 타고 저택이 있는 곳으로 돌아갔다.

다행히도 아직까지 저택은 조용했다.

아직까지는 말이다.

마부는 곧장 콴에게 가서 이 사실을 보고했다.

"그놈들이 중간에 빠져나갔다고?"

"예, 그렇습니다."

"아니, 그냥 마차에 태워서 보내는 것조차 제대로 못 하면 어쩌자는 거야?"

"죄송합니다."

"후우."

콴은 간신히 화를 삭였다.

일단은 이 사태부터 해결하는 게 먼저였다.

"그놈들, 중간에 빠져나가서 뭘 하려는 거지?"

그냥 거처로 돌아가도 되었을 텐데, 굳이 마차 바닥을 뚫어 가며 빠져나갈 이유가 무엇일까.

마치 급하게 할 게 있기라도 한 것처럼……

"설마……?"

뭔가 불길한 생각이 떠올랐을 때였다.

쿠당탕!

문밖에서 커다란 소리가 들려왔다.

"주교님!"

"왜 그래?"

"그것이…….."

"얼른 말해!"

"흑요석이 보관된 방에 들어갔는데, 거기에 이런 게 있었습니다."

교도는 손에 들고 있던 것을 콴에게 내밀었다.

"이건 걸쇠잖아?"

콴은 눈을 부릅떴다.

상황이 자신의 불길한 예감대로 흘러갔기 때문이다.

"이런 망할!"

그는 대답을 듣는 대신 직접 방으로 달려갔다.

방 안의 창문은 걸쇠가 잘린 채로 훤히 열려 있었다.

한눈에 보기에도 누군가 침입한 것이 분명한 흔적이었다.

"이럴 리가 없어."

누군가 창문을 타고 들어왔다고 해도, 보관실 안에는 황탑이 자랑하는 온갖 보안 장치들이 깔려 있지 않던가.

거기에 발각되지 않고 조용히 지나가는 건 불가능했을 텐데?

그는 혹시나 싶어 장치들이 부서졌는지 확인했다.

역시나 모두 정상 작동을 하고 있었다.

하지만 딱 한 가지, 상자에 설치되어 있던 부비 트랩은 망가져 있었다.

부르르.

그는 떨리는 손으로 상자의 문을 열어 보았다.

덜컥.

"아……."

예상대로 상자 안은 텅 비어 있었다.

영롱하게 빛나고 있어야 할 흑요석이 보이지 않았다.

툭.

콴은 그 충격으로 상자를 떨어뜨렸다.

"당장 그 새끼들 찾아와, 당자아아앙!"

톡, 톡, 톡, 톡.

베르너는 초조한 듯 책상을 두드리고 있었다.

과연 루크가 무사히 거길 빠져나올 수 있을까 걱정이 되었다.

'척 보기에도 보안 장치들이 깔려 있는 것 같던데.'

그러다 한 번 삐끗해서 발각이라도 되는 날엔, 아마 그놈들 손에 붙잡힐 것이다.

아무리 루크라고 해도, 흑요석을 사용하는 녀석들을 상대하긴 힘들 테니까.

그의 걱정이 커지고 있을 때였다.

휘릭.

그 걱정이 무색하게도 루크는 너무나도 쉽게 관청의 창문을 넘어왔다.

검은색 수트와 복면을 입은 채로 창문을 넘어오니, 도둑이 따로 없어 보였다.

그런데 어째 저런 모습이 더 익숙한 것 같은 기분이 드는 건 왜일까?

'하긴 그러고 보면 얼마 전까지만 해도 저런 차림으로 여길 드나들었으니.'

자신이 괜한 걱정을 했던 것 같았다.

툭.

루크는 품에 넣어 둔 흑요석 세 개를 책상에 올려놓았다.

"정말로 그걸 훔쳐 올 줄이야. 대단하군."

베르너는 감탄스러운 눈으로 루크를 보았다.

그러나 그 뒤에는 약간의 걱정도 비쳐 보였다.

"그런데 이래도 괜찮겠는가?"

"뭐가?"

"저들이 흑요석을 도둑맞았다며 괜히 우리에게 해코지하지는 않을는지……."

"뭐, 나랑은 상관없지."

"……."

베르너는 처음으로 루크를 향해 살기 어린 시선을 보냈다.

"농담이야, 농담. 내가 설마 생각도 없이 일을 저질렀겠어?"

"노, 농담을 해도 무슨 그런 농담을 하는가?"

루크가 손사래를 치고 나서야 베르너도 안도의 한숨을 내쉬었다.

결국 이렇게 팽당하는 줄 알고 가슴이 철렁하기까지 했다.

"어차피 노던에 모인 놈들로는 여길 정면으로 쳐들어오긴 어려워."

현재 샤룬의 본거지는 본가가 아니라 오히려 노던 관청이라고 해도 될 정도로 많은 인력이 관청에 머물고 있었다.

일개 조직의 지부 정도 인원으로는 이런 곳을 공격하는 건 무리였다.

무엇보다도 샤룬에겐 더 확실한 보험이 있었다.

"너희 뒤에는 코넬리오도 있잖아."

"코넬리오라?"

"그래, 그놈들은 요즘 대놓고 너희를 밀어주고 있고."

루크의 말이 맞았다.

슈넬덴에 가짜 채권을 얻어 낸 것과 라바흐가 무너진 사건까지 더해져, 최근 코넬리오는 샤룬에 매우 호의적이었다.

그리고 이 소식은 북부 전체가 알고 있을 것이다.

"그놈들도 코넬리오 쪽이랑 협력 중이라며. 그럼 물증도 없이 코넬리오가 뒤를 봐주는 가문을 공격할 수는 없겠지."

"그건 그렇지."

베르너는 동의의 의미로 고개를 끄덕였다.

코넬리오라는 뒷배가 있는 한 저들도 함부로 자신들을 공격하지 못하리라.

그러나 직후 뭔가 이상하다는 것을 깨달았다.

코넬리오가 뒤를 봐주는 가문을 공격하는 미친놈.

'그 미친놈이 바로 내 앞에 앉아 있는데?'

그 미친놈, 아니 루크가 씩 웃어 보였다.

왠지 모르게 속내를 들킨 것 같은 느낌이 들었다.

이럴 땐 얼른 화제를 전환해야 했다.

"그런데 그건 어떻게 할 생각인가?"

그는 흑요석을 가리키며 말했다.

"글쎄, 이렇게만 봐서는 잘 모르겠어서 자세히 조사해 보려고."

"그렇군."

"오, 그러고 보니 관청에 연구실이 있다지?"

루크는 뭔가 생각난 듯 손가락을 튀겼다.

"그, 그렇긴 한데àà 왜 그러는가?"

베르너는 불안한 눈빛으로 고개를 끄덕였다.

"듣기로는 나름대로 시설도 좋다고 하던데."

"그, 그건 안 되네."

"어째서?"

어째서라니, 이유야 간단했다.

루크가 있다면 자신이 집사 노릇을 더 해야 할 테니까.

'내가 미쳤다고 그맬 여기에 두겠는가?'

베르너는 하고 싶었던 말을 꾹 참았다.

루크의 싸늘해진 눈빛을 보면 도저히 그 말이 나오지 않았기 때문이다.

"아무래도 여긴 보는 눈이 많지 않은가? 게다가 불편할 테고…….."

"전혀 안 불편한데?"

'그러니까 내가 불편하다고, 내가!'

베르너의 외침은 그저 소리 없는 아우성으로 흩어질 뿐이었다.

"뭐 어쨌든 네가 그렇게 반대를 한다면 어쩔 수 없지."

루크의 말에 베르너는 안도의 한숨을 내쉬었다.

그러나 이내 루크의 입이 쭉 찢어졌다.

"그럼 대신 연구 물품이라도 좀 가져가자."

"연구 물품이라고?"

"그래, 이거 연구하려면 물품이 많이 필요할 것 같아서."

그러면서 루크가 문 쪽으로 걸어갔다.

"보자……. 연구실이 저쪽이었나?"

"자, 잠깐!"

베르너가 얼른 그 앞을 막아섰다.

"내, 내가 다녀오겠네. 뭔지만 말해 주게."

"그래? 굳이 그렇게 안 챙겨 줘도 되는데. 고마워."

루크는 기다렸다는 듯 품에서 종이를 꺼냈다.

그 종이에는 연구에 필요한 장비와 시약이 빼곡히 적혀 있었다.

누가 보더라도 미리 준비하고 온 모양새였다.

"이, 이걸 전부……?"

그 목록을 읽던 베르너의 얼굴이 새파랗게 질렸다.

하나같이 고가의 물품들이었기 때문이다.

심지어는 한 달 전에 들인 물품도 있었다.

'이걸 연구실에 들인 건 어떻게 안 거야?'

이러다 집안의 수저가 몇 개 있는지도 알고 있는 건 아닐까 걱정될 지경이었다.

"물품은 잘 쓰고 돌려줄 테니까 걱정 말고."

그나마 베르너의 표정이 밝아졌다.

'그래, 잠깐 빌려주는 것 정도는 괜찮겠지.'

그러나 그는 이내 자신이 얼마나 순진한지 깨달았다.

"대여 기간은 무기한이고."

"하……."

"왜, 싫어?"

"차라리 그냥 다 털어먹지 그러는가?"

"너희가 슈넬덴에서 털어 간 목록 다 적어 줘?"

"……."

그 말에 베르너는 입을 다물었다.

앞으로도 이런 협박을 받을 생각을 하니 정신이 아득해졌다.

'그래, 좋게 생각하자.'

슈넬덴과 척지고서 아예 가문이 망하는 거보다야 훨씬 낫겠지.

베르너는 눈물을 삼키며 연구실로 갔다.

☙

테오는 오랜만에 비전 연구실을 방문했다.

"이, 일 공자님, 여긴 어쩐 일로⋯⋯!"

아직도 연구실에는 그를 경계하는 학자들이 많았다.

예전부터 당했던 기억이 워낙 강렬하다 보니, 그들에겐 바뀐 테오보다 과거의 테오에 대한 모습이 먼저 떠오르는 것이다.

테오도 그걸 알고 있었기에 딱히 트집을 잡지 않았다.

"루크 찾으러 왔어. 이놈 몇 주째 여기만 틀어박혀 있다며?"

"맞습니다."

"자기가 무슨 학자도 아니고, 뭐 하고 있는 거래?"

"죄송합니다. 저희도 그것까지는 잘 모르겠습니다."

"하긴 그놈이 하는 일을 정확히 아는 사람이 몇이나 되겠어."

테오가 고개를 끄덕였다.

아마 신이라고 해도 루크의 행동은 종잡을 수 없을 것이다.

애꿎은 학자들에게 물어봐도 전혀 답을 들을 수 없는 것 같으니, 방법은 직접 물어보는 수밖에 없는 것 같았다.

"내가 직접 가 볼게, 어디야?"

"보조 연구실에 계실 겁니다. 안내해 드릴까요?"

"괜찮아, 연구도 바쁠 텐데. 그것부터 해."

테오는 학자의 어깨를 툭 쳐 주고는 걸어갔다.

학자는 그런 테오의 뒷모습을 멍하니 바라봤다.

'사람이 갈수록 달라지긴 하네.'

이제는 예전의 테오를 전혀 찾아볼 수 없는 정도의 수준이었다.

그러나 그는 모르고 있었다.

그것은 일종의 테오의 동병상련이었다.

'나라도 잘해 줘야지.'

건곤일척 이후 루크가 비전 연구실에 자주 들른다는 것은 이미 알고 있었다.

그리고 직접 와서 학자들의 얼굴을 보니 확실해졌다.

저들도 아마 자신처럼 루크에게 달달 볶이고 있을 것이다.

하긴 그놈이 머무는 곳에 곡소리가 나지 않으면 그게 더 이상한 거겠지.

그는 그렇게 생각하며 보조 연구실로 걸어갔다.

'그런데 요즘은 뭘 그렇게 연구하고 있는 거야?'

며칠 전부터 루크는 백은관에도 전혀 나오지 않은 채 연구실에만 틀어박혀 있었다.

백은관에서 수련을 시작한 이래로 단 한 번도 없던 경우였다.

대체 녀석의 관심을 뺏은 게 뭘까.

거기에 호기심이 생겨 여기까지 오게 된 것이다.

'여기가 보조 연구실이지?'

생각을 하다 보니, 어느새 보조 연구실까지 도착했다.

안쪽에서 루크의 목소리가 들리는 걸 보니, 여기가 맞는 것 같았다.

철컥.

테오가 문고리에 손을 대는 순간이었다.

"어어어어어!"

문 뒤쪽에서 다급한 목소리가 들려왔다.

더불어 왠지 불안한 진동음이 느껴졌다.

'대체 안에서 뭘 하고 있는 거야?'

그리고 그가 문을 여는 순간.

콰아아아아아아앙!

굉음과 함께 문짝이 떨어져 나갔다.

떨어져 나온 문틈으로 뜨거운 공기가 뿜어져 나왔다.

"으악!"

테오는 급하게 몸을 돌려 폭발을 피했다.

조금만 늦었어도 저 폭발에 휩쓸렸을 것이다.

그럼 자신의 몸은 온갖 비산물들이 박혀 벌집이 되었겠지.

부르르.

그 모습을 생각하는 것만으로도 몸이 떨려 왔다.

"켁, 케켁……!"

"콜록, 콜록, 콜록!"

안에서는 기침 소리가 들려왔다.

루크와 한스의 목소리였다.

아마 저들이 폭발의 범인들이리라.

"아, 진짜! 제가 아무 약이나 넣지 말라고 했잖습니까?"

한스가 루크에게 호통을 쳤다.

"내가 뭐 알고 그랬냐? 거기서 반발 작용이 그렇게 크게 날 줄은 몰랐지."

"그러니까 너무 성급하게 시약을 부으셨단 겁니다."

한스가 이토록 화를 내는 모습은 의외였다.

그것도 무려 루크를 상대로.

스스로 죽고 싶은 게 아닌 이상에야 저럴 수가 있을까.

이어서 그 이유가 나왔다.

"하마터면 애써 가지고 온 비싼 연구 장치들이 다 깨질 뻔했습니다."

그리고 보니 한스는 연구 장치들을 품고 있었다.

루크는 그걸 보고 눈가가 시려졌다.

그동안 얼마나 열악한 곳에서 연구해 왔으면, 폭발이 일어나는 상황에서도 저것부터 챙길 생각을 할 수 있을까.

'내가 좀 더 잘 챙겨 줘야겠네.'

앞으로는 폭발이 일어나면 일단 자신부터 숨을 수 있을 정도로 여유롭게 연구비를 지원해 줘야겠다.

루크가 그렇게 다짐하고 있을 때, 테오가 문틈으로 고개를 슬며시 집어넣었다.

"대체 무슨 일이야?"

"뭐야, 형이 여긴 웬일로?"

루크가 숯검정이 된 얼굴로 고개를 갸웃했다.

"일 공자님, 오셨습니까?"

한스도 연구 장비를 조심스럽게 내려놓은 후에, 테오에게 인사했다.

"네가 몇 주째 수련도 안 나오고 여기에만 박혀 있으니 살아는 있는지 확인하러 왔지."

"벌써 그렇게 됐나?"

보조 연구실에서 숙식을 해결하며 연구에 집중하다 보니, 어느새 날짜 개념도 까먹은 것이다.

"뭐, 별거는 아니야. 연구해 봐야 할 재료가 있어서."

"대체 뭘 연구하면 그렇게 되는 건데?"

"슈넬덴이 강해지기 위한 방법."

루크가 의미심장한 미소를 지으며 대답했다.

이 흑요석을 잘만 사용한다면 슈넬덴의 부활은 몇 배나 빨라질 것이다.

그뿐만 아니라, 자신의 코어에 들어 있는 이 코딱지만 한 마나도 충만하게 채울 수 있을지도 몰랐다.

둘 다 루크의 눈이 돌아갈 수밖에 없는 주제.

때문에 루크는 몇 주 동안 잠도 거의 자지 않은 채로, 연구에 몰두한 것이다.

"그래서 연구는 다 끝났어?"

"아니."

그 질문에 루크의 얼굴이 침울해졌다.

베르너에게서 가져온 고가의 장비들을 다 사용해 봤지만, 흑요석에 대해 조금도 알아내지 못했다.

그러다 열받은 루크가 흑요석을 녹여 버릴 생각으로 시약에 넣었다가 조금 전의 폭발이 일어난 것이고.

'저 녀석이 실패하는 게 있긴 하구나?'

테오도 루크의 실패 소식에 놀랐다.

뭐든지 다 해낼 것 같은 동생에게서 약간의 인간미를 느낀 것 같았다.

그러면서도 동시에 궁금증이 들었다.

대체 저게 뭐기에 루크가 진심을 다해 달려들었는데도 밝혀내는 데 실패한 것일까.

"이 공자님, 아무래도 이건 우리가 어떻게 할 수 있는 게 아닌 것 같습니다."

한스가 조심스럽게 말했다.

"이렇게 비싼 장비와 시약을 가지고 연구했는데도 안 되지 않았습니까?"

"그렇다고 이걸 이대로 둘 수는 없는데."

그의 만류에도 불구하고, 루크의 눈은 여전히 탐욕으로 가득했다.

그걸 본 테오도 슬슬 불안해졌다.

루크가 강해지는 것에 대해 얼마나 진심인지는 아주 잘 알고 있었다.

당장 라바흐와 전쟁까지 벌어질 뻔했던 건곤일척 사건만 봐도 그렇다.

그게 다 백아검의 단서를 아버지께 보여 주려던 수작이라는 말을 들었을 때는 간이 떨어질 뻔하지 않았던가.

그러니까 저놈은 강해지기 위해서라면…… 가문 간의 전쟁도 불사하는 녀석이었다.

'또 이상한 생각을 하는 건 아니겠지?'

다행히도 루크는 그 자리에선 별말을 하지 않았다.

"하는 수 없지. 한스, 이번 연구는 포기하자."

"예, 알겠습니다."

"너도 피곤할 텐데 먼저 가 봐."

"어휴, 아닙니다."

"괜찮아. 자료는 내가 정리할 테니까 먼저 가."

루크의 만류에 한스는 못이기는 척 받아들였다.

"그럼 먼저 가 보겠습니다. 조심히 들어가십시오."

루크는 못내 아쉬웠는지 한스가 사라지고 나서도 움직이지 않았다.

하긴 녀석도 이번 실패로 실망이 꽤 컸을 것이다.

"괜찮아. 연구에 실패할 수도 있지."

테오가 그런 루크를 위로하려던 때, 루크가 먼저 입을 열었다.

"가자."

"어디를?"

테오는 거기가 어디든 분명 평범한 곳은 아닐 거라고 확신했다.

루크의 얼굴엔 벌써 의미심장한 미소가 번져 가고 있었으니까.

"우리가 못 하면 전문가한테 의뢰해야지."

"전문가라니?"

"이런 건 아무래도 마법쟁이 놈들이 잘 다룰 거 아냐."

"마법쟁이라면…… 너 설마 마탑으로 가려고?"

"응, 이왕이면 황색 마탑으로 가야겠어."

"너…… 황색 마탑이 어디 있는지는 알지?"

테오의 얼굴에 드리운 불안감이 더욱 깊어져 갔다.

"르세임에 있잖아."

"그걸 아는 놈이 그러냐? 우리가 르세임까지 가는 걸 가문 어른들이 가만두겠어?"

르세임은 서부 대륙 초입에 있는 곳이었다.

아무리 초입이라고 해도, 일단은 가문의 영향권에서 벗어난 곳.

그런 곳에 아무 이유도 없이 직계를 보내줄 리가 없었다.

그렇다고 설마 루크가 황색 마탑에 연구하러 간다고 솔직히 말할 리도 없을 테고.

"몰래 가면 되지."

"거기까지 편도로만 2주는 걸릴 텐데?"

"흠……."

루크의 생각에도 테오의 말이 맞는 것 같았다.

왕복으로 걸리는 시간만 해도 4주.

게다가 거기서 연구하는 시간까지 생각해 보면 최소한 2달, 사안에 따라 서너 달이 필요할 수도 있었다.

그리고 이 정도 시간 동안 루크가 사라진다면, 분명 가문이 발칵 뒤집힐 것이다.

'그렇다고 솔직하게 말하고 르세임까지 보내 달라고 할 수도 없고.'

아마 뒤에 있는 원로들이 두 손 두 발 들고 반대할 것이다.

어린 공자를 그 먼 곳까지 어떻게 보내느냐고 외치는 하우덴의 모습이 눈에 선했다.

그렇다고 황색 마탑에 흑요석만 보내 연구를 의뢰하는 것도 무리였다.

흑요석을 연구하려면 아마 황탑주 정도는 되어야 할 텐데, 그자는 아무 연구나 척척 받아서 해 주는 사람이 아니었다.

그래서 루크가 직접 만나 담판을 지어 보려 했던 것이고.

'젠장, 어떻게 된 게 까마득한 후손들 눈치 봐야 하는 건 변함이 없냐.'

어쩌겠는가. 자신은 대외적으로 열여섯 살짜리 좀 강한 꼬마에 불과한데.

"가출할까?"

루크가 진지하게 물었다.

테오가 한심하다는 듯 바라봤다.

"말이 되냐?"

"말이 안 될 건 뭐야? 형도 자주 가출했었……읍읍!"

테오가 급히 루크의 입을 막았다.

"퉤, 퉤! 손가락 입에 들어갔어."

"그러니까 내가 그때 얘기하지 말랬잖아."

"어쨌든 그럼 가출 말고 내가 몇 달 정도 사라질 방법이 뭐가 있냐? 아!"

루크는 눈을 동그랗게 뜨며 손바닥을 쳤다.

"뭔데?"

"일단 본관으로 가자."

테오는 한숨을 푹 내쉬고는 루크의 뒤를 따라갔다.

루크는 본관으로 가자마자 율리안을 만났다.

"그래, 또 무엇 때문에 찾아왔느냐?"

율리안은 불안한 눈빛으로 물었다. 루크가 저런 표정을 지을 때는 언제나 무리한 요구를 해 왔기 때문이다.

건곤일척을 제안할 때도 딱 저런 눈빛이었다.

"아시다시피 요즘 테오 사단은 수련에 매진 중입니다."

"들어서 알고 있느니라."

"하지만 이번 건곤일척으로 저희들은 느낀 바가 컸습니다. 아직 가야 할 길이 너무나도 많이 남았더군요."

'도대체 뭘 하려고 이렇게 밑밥을 까는 것이냐, 이놈아.'

율리안은 그 말을 속으로 삼키며 이야기를 들었다.

"그래서 저희들은 결정했습니다. 저희를 둘러싸고 있는 굴레를 벗어던지고, 맑은 정신으로 오로지 수련에만 힘써 새로운 경지를 이루고자 합니다."

"도대체 그런 말들은 어디서 배워 오는 것이냐?"

율리안은 어이가 없다는 듯 물었다.

"그저 속 깊은 말을 그대로 드러냈을 뿐입니다, 아버지."

"그러니까 내게 원하는 걸 시원하게 말해 보아라."

"폐관 수련을 하고 싶습니다!"

"폐관 수련이라?"

"그렇습니다."

"허⋯⋯!"

슈넬덴의 기사가 폐관 수련을 하는 건 그리 드문 일은 아니었다.

아니, 오히려 가주 입장에서는 독려를 하고 싶기도 했다.

번뇌를 잠시 내려놓고 오롯이 자신에게만 집중한 채 검술만 갈고닦는다면, 분명 큰 성장을 이룰 수 있을 테니까.

그저 지난 200년간의 슈넬덴엔 폐관 수련을 해도 될 만큼의 충분한 인력이 없었던 것뿐이었다.

하지만 요즘은 테오 사단 정도라면 충분히 폐관 수련을 할 수 있을 정도로 인력에 숨통이 트이긴 했다.

'문제는 루크가 저렇게 나오니 괜히 불안하다는 것인데⋯⋯.'

분명 무슨 꿍꿍이가 있으니까 느닷없이 폐관을 한다고 했을 것이다.

절레절레.

아니나 다를까, 옆에선 테오가 고개를 젓고 있었다.

녀석은 뭔가 아는 눈치였다.

다만 옆에 루크가 있으니 말하지 못하는 것일 뿐.

'이거 어쩐다⋯⋯?'

아무 생각 없이 허락해 줬다가는 또 건곤일척 때 같은 큰 사고를 칠 수도 있었다.

'아니, 결과적으로 그게 사고가 아니긴 했는데⋯⋯.'

율리안이 뜸을 들이자 루크 쪽에서 나섰다.

"아버지, 그러고 보니 요즘 비전 연구가 속도를 내고 있다고 들었습니다."

"응?"

"학자들에게 들어 보니, 이게 다 아버지의 노트 덕분이라고 하더군요. 하하하!"

"크, 크흠!"

율리안이 헛기침했다. 갑자기 비전 연구 이야기를 꺼내다니, 자신이 노트 작성에 도움을 줬으니 그 보답을 하라고, 지금 루크는 그렇게 말하고 있는 것이다.

이쯤 되니 마냥 버티고 있을 수는 없었다.

'그래, 설마 저 아이가 가문에 해가 되는 일은 하지 않겠지.'

오히려 또 엄청난 걸 물어다 올지도 몰랐다.

다만 그땐 그만큼이나 강한 소란도 일으킬 테지만.

어쨌든 결과적으로는 가문에 도움이 되는 것은 확실했다.

"알겠다. 너희들의 폐관 수련을 허하마."

루크의 얼굴은 환희로, 테오의 얼굴은 절망으로 물들었다.

"폐관은 얼마나 하려는 것이냐?"

"글쎄요, 깨달음을 얻어야 나올 텐데 그게 얼마나 걸릴지는 모르겠네요."

"대략이라도 말해 보거라."

"넉넉하게 한 네다섯 달쯤으로 예상은 하고 있습니다."

"네다섯 달?"

"안 됩니까?"

"그건 아니다만……."

기껏해야 한두 달이면 될 줄 알았다.

근데 뭘 하려고 네다섯 달이나 필요하단 말인가.

'설마 어디 멀리 떠나려는 건 아니겠지?'

그러나 이미 폐관 수련을 허락한다고 했으니, 인제 와서 반대할 명분도 없었다.

"알겠다. 내 원로회에게도 말해 놓도록 하마."

"감사합니다. 반드시 좋은 깨달음을 얻고 오겠습니다."

루크가 고개를 꾸벅 숙였다.

그러고는 테오를 데리고 곧장 가주실을 나가 버렸다.

한바탕 폭풍이 지나간 후, 율리안은 한숨을 푹 내쉬었다.

'제발 큰 사고만 치지 않았으면 좋겠는데.'

달빛은 마음의 창이라고 하더니, 오늘따라 달빛이 유난히 불안하게 흔들거렸다.

다음 날.

루크와 테오, 브리데커, 엘린이 백은관 앞에 서 있었다.

"폐관 수련이라니, 이번 기회에 설화이검을 보다 확실하게 익혀야겠습니다."

브리데커는 흥분을 감추지 못하고 말했다.

그가 가장 좋아하는 수련이 바로 폐관 수련이었다.

그 역시 건곤일척을 통해 세상의 벽을 확실히 확인한 상태.

의욕이 넘칠 수밖에 없었다.

"열심히 하겠습니다."

엘린도 의욕에 찬 것 같았다.

오로지 사실을 알고 있는 테오만이 한숨을 내쉴 뿐이었다.

"저희 백은관에서 폐관을 하는 거 아니었습니까?"

슬슬 방향이 이상해지자 브리데커가 슬쩍 물었다.

"그러기로 되어 있었지?"

"그런데 여기는……."

그들이 서 있는 곳은 슈넬덴의 담장 앞이었다.

주변에는 폐관을 할 건물은커녕 사람 한 명 보이지 않았다.

여기서 무슨 폐관을 한다는 것일까.

그런 생각을 하고 있을 때였다.

풀쩍.

루크가 그 담장을 뛰어넘었다.

"설마 저 녀석 말을 믿었어?"

테오도 그렇게 말하며 담장을 넘었다.

"뭐 해? 안 올라와?"

"네? 넵!"

루크의 부름에 엘린도 얼떨결에 담장을 넘었다.

"이러면 안 되지 않습니까?"

브리데커가 조심스럽게 말했다.

"브리디, 우린 지금 폐관 수련보다 더 중요한 임무가 있어서 가는 거야."

"그게 뭡니까?"

"아직은 못 말해 주지만, 슈넬덴이 강해지기 위해선 반드시 해야 하는 거라고."

루크가 짐짓 진지한 목소리로 말했다.

"이제부터 멀리 떠날 건데, 네가 우리 보호자 역할을 해 줘야지."

"보호자요……?"

"그래, 보호자. 아무리 가문을 위한 거라지만 우리끼리 가는 건 걱정되는 게 사실이잖아. 안 그래?"

"그건 그렇죠."

"그러니까 너 같은 보호자가 있어 줘야지."

브리데커의 눈빛이 점점 흔들렸다.

'저놈도 은근 멍청하다니까.'

그걸 보고 있던 테오는 고개를 절레절레 저었다.

"자, 결정됐으면 가자고."

루크는 담장 건너편으로 뛰어내렸다.

"자, 잠깐만 기다려 주십시오. 저도 가겠습니다."

테오와 엘린마저 뛰어내리자, 브리데커도 허둥지둥 뒤따랐다.

루크는 곧장 슈넬덴 산 초입의 아지트로 향했다.

테오 사단은 슈넬덴 산에 이런 빈집이 있는 줄은 꿈에도 몰랐다.

하지만 그보다 더 놀라운 게 있었다.

"이건……."

브리데커는 커다란 마차를 보며 뒷말을 삼켰다.

마차의 크기나 때깔로 보아 고급 마차임이 분명했다.

그럼 이 마차가 누구 것이냐?

그건 마차의 옆면에 박힌 오르겐의 문양만 봐도 알 수 있었다.

"공자님 말씀대로 최대한 편안한 마차를 준비해 뒀습니다."

마차 옆에 있던 사람이 루크를 향해 정중히 고개를 숙였다.

그 사람을 본 브리데커는 더욱 눈이 휘둥그레졌다.

'오르겐 상단의 단주?'

본가에 들렀을 때 얼굴을 본 적이 있었다.

저자가 어째서 여기 있는 것일까?

자신들은 본가와 가주를 속이고 몰래 가문을 나온 상황인데, 오르겐이 그 탈출을 돕다니.

그 이유는 아마도 당연하다나는 듯 단주의 인사를 받는 저 루크 때문이겠지.

"어휴, 이 정도는 좀 과한 것 같은데? 내가 적당히 준비해 달라고 했잖아."

"이건 저희 상단의 행수급이 타는 마차입니다. 공자님들을 모시기엔 한없이 부족하지요."

래비가 부드럽게 웃으며 고개를 숙였다.

브리데커는 그 모습을 보며 한 번 더 놀랐다.

자신이 봤던 래비는 가주와도 동등한 입장에서 이야기하는 자였다.

그런데 지금은 어째서 가주와 이야기할 때보다 더 정중한 느낌이 드는 것일까?

'도대체 공자님의 끝은 어디이시지? 설마 가주님보다도 더 실세인가?'

그럴 리가 없을 텐데도, 온갖 망상이 브리데커의 머릿속을 가득 채웠다.

그만큼 루크가 보여 주는 모습은 놀라움의 연속이었으니까.

하지만 정작 루크는 별일도 아닌 것처럼 어깨를 으쓱했다.

"뭐 먼 길 가는 거니까 이 정도면 충분할 수도 있겠네."

"물론이지요. 편히 사용해 주십시오."

"현지 쪽 협조는 어떻게 됐어?"

그 말에 래비가 다시 한번 고개를 숙였다.

진심으로 송구스러워하는 것 같았다.

"저희 상단이 전 대륙으로 활동한다지만, 사실 북부 이외

지역은 협력 상단과의 거래가 주를 이룹니다. 그 탓에 전폭적인 지원은 조금 어려울 것 같습니다."

"괜찮아, 숙식 제공 정도만 해 주면 돼."

"물론 그건 협력 상단 측에 전해 두었습니다."

"그거면 충분해."

루크는 밝게 웃으며 마차에 올라탔다.

옆에서 지켜보고 있던 테오 사단도 엉겁결에 그 뒤를 따랐다.

모두 마차에 탄 걸 확인한 래비가 마부석 쪽으로 고개를 돌렸다.

"귀하신 분들이니 잘 모시게."

"예, 단주님."

마부가 우렁차게 대답하고는 말을 몰았다.

래비는 떠나는 마차를 보며 고개를 숙였다.

마차 안에 타고 있던 브리데커는 그게 불편했는지 자꾸 눈을 흘겼다.

"왜, 공자 대접받는 거 보니까 신기해?

반대편에 앉아 있던 루크가 말했다.

"아뇨, 그런 게 아니라……."

"한참 가야 하니까 눈이라도 좀 붙여 둬."

"그런데 공자님, 저희 어디로 가는 겁니까?"

"아, 내가 아직 말 안 했었나?"

"예."

"르세임으로 갈 거야."

"아, 르세임이라고요……. 예? 서부에 있는 그 르세임 말입니까?"

"맞아, 그 르세임."

그제야 브리데커는 이 일이 자신이 생각했던 것보다 훨씬 크다는 것을 깨달았다.

그러나 그걸 깨달았을 때는 이미 마차가 출발한 후였다.

※

"아무리 그래도 르세임까지 가는 건 너무 무모한 거 아닙니까?"

브리데커는 불안감을 지우지 못한 얼굴로 말했다.

이미 자리를 펴고 누워 있는 루크의 모습이 대조적으로 보였다.

"괜찮아. 어차피 북부에서 살짝 벗어나는 것뿐인데, 뭘."

"하지만 르세임이지 않습니까, 르세임! 황색 마탑이 있는 르세임 말입니다."

"알아, 나도."

루크는 듣기 싫다는 듯 손을 획획 저었다.

그때 옆에 있던 엘린이 조심스럽게 입을 열었다.

"르세임이 어떤 곳인데 그렇게 걱정이야?"

"거긴 도시를 관리하는 가문이 없는 자유도시잖아."

"자유도시면 위험해?"

엘린이 고개를 갸웃하며 되물었다.

"보통 도시라면 슈넬덴의 이름으로 해결할 수 있는 사건이라도, 자유도시에서는 통하지 않지. 가문 간의 관계를 고려할 게 없으니까."

"그렇구나."

"그 이유뿐만이 아니야. 르세임은 다른 자유도시들이랑 다르게 황색 마탑이 지배하다시피 하고 있으니까 문제라고."

르세임을 처음 본 사람들은 하나같이 이상하다고 생각한다.

아무리 봐도 르세임은 사람이 살기 좋은 지형은 아니기 때문이다.

이런 곳에 어째서 르세임같은 커다란 도시가 생긴 것일까?

그건 바로 이곳에 황색 마탑이 자리 잡았고, 후에 그 주위로 사람들이 모여들며 자연스럽게 커다란 도시가 되었기 때문이다.

다시 말해 르세임에서 황색 마탑은 곧 다른 영지의 영주와도 같은 존재라는 의미다.

"근데 그게 그렇게 문제야?"

"마탑이 뭔데?"

"마법사들이 모여 있는 곳."

"그럼 마법사들이 기사들을 어떻게 생각할까?"

"……."

그제야 엘린은 이해가 되었다.

마법사들은 기본적으로 기사들에게 호의적이지 않다.

특히 황색 마탑은 같은 마법사들조차 꺼릴 정도로 음침한 곳.

그런 이들이 지배하는 도시가 바로 르세임이었다.

"르세임에서 검 차고 다니다가 쥐도 새도 모르게 황색 마탑에 끌려간 기사들 이야기 못 들어 봤어?"

"그런 이야기도 있어?"

"들어갈 때는 멀쩡하게 들어가도 나올 때는 어디 장기 하나 떼여서 나온다는 곳이 황색 마탑이라고."

"에이, 서, 설마……."

"온갖 해괴한 실험이란 실험은 다 하는 자들인데, 인체 연구라고 못할까 봐?"

부르르.

엘린은 소름이 돋았다.

강해질 수 있다는 말에 선뜻 길을 나서긴 했지만, 황색 마탑에 대해 듣고 나니 그 결심이 무너지는 것 같았다.

그들의 이야기를 잠자코 듣고 있던 테오도 마찬가지였다.

'르세임이 그 정도였어?'

그런 곳인 줄 알았으면 처음부터 루크를 말릴 걸 그랬다는 후회가 들었다.

하긴 저 녀석이 한번 결정한 일을 번복할 리가 있겠느냐만, 그래도 브리데커의 말을 들으니 걱정이 앞서는 건 사실이었다.

이처럼 마차 안에 불길한 예감이 감돌고 있을 때였다.

자는 줄 알았던 루크가 브리데커 쪽으로 몸을 돌렸다.

"이야, 황색 마탑의 소문이 그렇게 안 좋아?"

"모르셨습니까? 하긴 모르셨으니 우리끼리 르세임을 간다고 하신 거겠죠."

브리데커는 간절한 목소리로 말했다.

그러나 루크에겐 마차를 돌릴 생각이 전혀 없었다.

"왠지 소문이 좀 과장된 것 같은데?"

"물론 소문이라는 게 당연히 과장되겠죠. 하지만 아니 땐 굴뚝에 연기가 나겠습니까?"

"음, 그렇긴 한가?"

루크도 이해가 간다는 듯 고개를 끄덕였다.

'하긴 그 할망구 성격이면 그런 소문이 안 나는 게 이상하기도 하겠다.'

한 사람의 모습이 머릿속에 떠올랐다.

그녀와의 일화가 생각나자, 루크의 입가엔 저도 모르게 미소가 그려졌다.

'그래도 그 성격 좀 고쳐 먹은 줄 알았는데, 더 심해졌나

보네.'

오히려 그게 더 마음이 편한 것 같기도 했다.

그렇다면 과거의 방법이 똑같이 통할 수 있다는 말이기도 했으니까.

'생각보다는 일이 쉽게 풀리겠어.'

2주 후.

루크 일행을 실은 마차가 르세임에 도착했다.

"우와!"

창밖을 바라본 테오와 엘린의 입에서 감탄이 흘러나왔다.

장치 제작에 있어서 손꼽히는 황색 마탑이 위치한 곳인 만큼, 르세임의 규모는 웬만한 대도시보다도 커 보였다.

온갖 상인들이 오가는 가운데 간간이 보이는 메이지 햇은 르세임의 이국적인 풍경을 한층 더해 주었다.

무엇보다 도시 한가운데 우뚝 솟아 있는 황색의 탑.

그걸 보고 있자니 절로 경건한 마음마저 드는 것 같았다.

도착하기도 전에 브리데커가 겁을 주는 바람에 불안감이 있었지만, 그래도 새로운 도시를 모시를 보자 묘한 기대감이 생겨났다.

"긴장 놓으시면 안 됩니다."

브리데커는 경계심 가득한 눈으로 주위를 두리번거렸다.

그러는 그도 거대한 황색 마탑이 주는 존재감을 완전히 무시하지는 못했는지, 탑 쪽을 계속 흘끗거렸다.

그때 마부가 마차에서 내리더니, 루크 쪽으로 다가왔다.

"고생했어."

"아닙니다. 공자님들께서 워낙 안전하게 지켜 주셔서 별다른 위험도 없었는데요. 제가 더 감사드려야죠."

마부가 고개를 숙이며 감사를 표했다.

"르세임 내부에서는 대형 마차의 운행이 금지되어 있어서, 마차는 마구간에 두도록 하겠습니다. 공자님들께서는 어쩌시겠습니까?"

"우리 숙소가 잡혀 있다고 했지?"

"물론이죠."

"내가 말한 조건대로?"

"협력 상단과 조율해 도시 외곽 쪽에 단독 주택으로 마련해 두었습니다."

루크가 만족스러운 듯 고개를 끄덕였다.

"그럼 우리는 바로 숙소로 가 볼게."

"예, 저는 협력 상단 지부에 머물고 있을 테니 필요하시면 언제든 불러 주십시오."

"알겠어."

마부가 마차를 몰고 돌아가자, 테오 사단이 루크에게 다가왔다.

그들은 두려움과 기대감이 교차하는 눈빛을 한 채 루크에게 물었다.

"이제 뭐 할 거야?"

"일단은 좀 돌아다녀 봐야겠지."

"오, 그렇지."

관광이라는 말에 테오와 엘린의 표정이 밝아졌다.

"제일 유명한 관광지는 역시 황탑이고, 시가지에도 볼거리가 많다고 합니다."

브리데커가 은근슬쩍 말했다.

"그래? 그럼 어디부터 갈까? 황탑부터? 아니면 시가지로?"

"우리가 뭐 놀러 온 줄 알아?"

루크가 그런 그들을 보며 핀잔을 줬다.

하긴 이 녀석들도 기껏해야 20대 초반의 나이인 데다가, 다른 대도시를 방문한 건 처음이기도 하니 흥분하는 것도 당연했다.

그러나 지금은 관광을 즐길 만큼 여유가 있는 상황은 아니었다.

흑요석을 조사해 줄 만한 사람을 만나는 게 우선이었다.

그래서 그 목적지로는⋯⋯.

"일단 '골목'부터 가자."

"골목으로 간다고?"

테오는 그 말을 알아듣지 못하고 고개를 갸웃했다.

그러나 옆에 있던 브리데커가 화들짝 놀랐다.

"골목이라면…… 설마 도박장을 말씀하시는 겁니까?"

"잘 알고 있네."

르세임 시가지에서 살짝 벗어난 골목.

다른 도시 같으면 홍등가가 번성해 있을 곳이지만, 르세임에서는 특히 도박장이 유명했다.

"도박장이라고?"

"응, 도박장."

"루크, 도박은 절대 안 돼."

설명을 들은 테오가 루크를 말렸다.

그걸 말하는 테오의 표정이 유독 어두워 보였다.

브리데커도 뭔가 아는 바가 있는지 조용히 고개를 끄덕였다.

왠지 무슨 일이 있었는지 알 것 같았다.

"도박장에서 털린 적 있구나?"

"……."

테오가 고개를 뚝 떨궜다.

상태를 보니 꽤 크게 당한 모양이다.

"얼마나 꼴았는데?"

테오는 거기에 대답하지 않았다.

차마 대답을 하지 못하는 것 같았다.

루크는 옆에 있던 브리데커를 보았다.

"얼만데?"

브리데커가 마지못해 손가락 네 개를 펼쳐 보였다.

"4백만 골드?"

"아니요."

"그럼?"

"더 큰 겁니다."

"4천만?"

"조금 더…….."

"4억 골드? 이거 완전 미친놈이네?"

이건 욕이 안 튀어나올 수가 없었다.

집안의 기둥을 어느 정도 다시 세운 현재에도 4억 골드는 어마어마한 액수였다.

그런데 집안이 다 쓰러져 가는 그 당시에 4억 골드라니.

저놈이 망나니인 건 알고 있었지만, 저 정도일 줄은 몰랐다.

루크는 집안을 거덜 낼 뻔한 역적을 노려보았다.

그 시선을 마주한 테오는 쥐구멍에라도 숨고 싶은 심정이었다.

"어쩌다가 털렸는데?"

"기술자한테 걸렸어."

"호구 잡힌 거네? 근데 검술도 배웠으면서 상대가 작업 치는 것도 못 알아 봐?"

"나도 집중했지! 근데 진짜 낌새도 몰랐다니까? 그래서 내가 도박은 안 된다고 하는 거야……."

테오가 쭈뼛거리며 대답했다.

"그리고 여긴 마법사들도 많잖아? 그놈들이 장난치기 시작하면 아무리 너라도 당할걸."

그것도 맞는 말이긴 했다.

기본적으로 도박장엔 마법을 쓸 수 없도록 처리를 한다지만, 사람이 돈에 미치면 못 하는 게 뭐가 있겠는가.

마법사들은 그 처리를 우회해 어떻게든 마법을 쓰려 한다.

마법만 쓸 수 있다면 도박에서 이기는 것쯤은 식은 수프 먹기일 테니까.

게다가 르세임은 그런 마법사들의 본거지인 마탑이 있는 곳.

테오가 저렇게 호들갑을 떠는 이유가 있었다.

"그러니까 골목은 가지 말자고."

"그건 안 돼."

"내 이야기를 듣고도 그런 말이 나오냐?"

"거길 가야 만날 수 있거든."

"누굴 만나는데?"

"그런 게 있어. 아무튼 난 갈 거니까 따라올 거면 따라오고, 아니면 먼저 숙소로 가 있어."

루크는 그렇게 말하고 길을 나섰다.

남겨진 테오 사단은 서로의 얼굴을 쳐다봤다.

"그래도 쟤 혼자 보내는 건 안 되겠지?"

"잘못하면 도박장을 다 엎어 버릴지도 모르죠."

"그건 그래."

"다들 안 가세요?"

그들의 말이 끝나기도 전에 엘린은 먼저 루크의 뒤를 따라갔다.

"가, 같이 가."

테오와 브리데커도 다급하게 그 뒤를 따랐다.

르세임 시가지에서 한 블록 떨어진 거리, 일명 골목.

그 명성에 맞게 늦은 시간임에도 불구하고, 많은 사람들이 길거리를 오갔다.

누군가는 양손에 돈주머니를 든 채로 환하게 웃고 있었고, 또 누군가는 절망한 얼굴로 바닥만 보고 있었다.

당연히 후자의 모습이 압도적으로 많았다.

그러나 사람들의 눈은 하나같이 후자가 아니라 전자의 돈다발에만 꽂혀 있었다.

99번의 불행을 목격하고도, 1번의 대박을 바라보는 것이 인간의 본성.

그 점을 가장 잘 노린 곳이 바로 이 도박장이었다.

"이쯤이었던 것 같은데."

그 사람들 틈을 루크가 빠르게 누볐다.

"어딜 찾는 건데?"

"관광객들이나 오는 이런 곳 말고, 좀 더 본격적인 곳."

"너 그러다 진짜 큰코다친다?"

테오의 경고에도 불구하고, 루크는 자신의 기억을 더듬어 가며 성큼성큼 걸어 나갔다.

"여기구나?"

그렇게 루크가 도착한 곳은 어느 허름한 주점이었다.

주변의 도박장들이 워낙 형형색색으로 빛나고 있다 보니, 이 주점의 허름함이 더욱 강조되었다.

아무리 봐도 도박장과는 그리 어울리지 않는 외관.

"본격적인 곳이 여기야?"

"아마 그럴 거야."

허름한 외관에 어울리게 주점 내부도 휑했다.

루크는 한구석에 자리를 잡고 앉았다.

그리고 돈 한 뭉치를 올려놓고는,

톡톡톡톡.

메뉴를 고민하는 듯 테이블을 몇 번 두드렸다.

그러자 점원이 이쪽으로 다가왔다.

그의 손에는 가면 네 개가 들려 있었다.

"안쪽으로 모시지요."

"어?"

테오 사단이 놀란 눈으로 루크를 보았다.

"본격적인 곳인데, 평범할 리가 있겠어?"

루크가 씩 웃으며 점원을 따라갔다.

점원이 벽에 감춰 둔 문을 열자 지하로 내려가는 계단이 있었다.

저기가 아마 루크가 말한 본격적인 곳이리라.

"당신께 찾아온 행운을 반드시 붙잡으시길."

점원은 묘한 미소를 지으며 인사를 하고는 물러났다.

그가 사라지자마자 테오가 다가왔다.

"너, 이런 건 어떻게 안 거야?"

"마부한테 물어봤지."

"그래?"

거짓말은 아니었다.

200년 전에 이곳을 찾을 때는 분명 마부에게 들었으니까.

다행히 그 방법이 여전히 변하지 않았던 것이다.

"일단 내려가자. 시간이 없어. 꾸물거리다 그자가 떠나면 허탕이야."

루크는 그렇게 말하고 계단을 내려갔다.

"와……."

지하로 내려온 테오 사단은 넋이 나간 듯 입을 벌렸다.

화려한 인테리어, 술잔을 들고 여기저기 옮겨 다니는 웨이터, 그리고 고급스러운 천이 올라간 테이블까지.

책에서 보던 귀족들의 도박장이 바로 이런 모습이 아닐까 하는 생각마저 들었다.

다 쓰러져 가는 주점 아래에 이런 별천지가 펼쳐져 있을 줄이야.

'이래서 본격적인 곳이라고 했구나.'

동시에 테오는 걱정이 되었다.

이곳은 척 보기에도 자기들이 노는 물이랑은 달라 보였기 때문이다.

지금 저기 구석에서 카드를 하고 있는 이들을 보라.

마치 세기의 승부사들인 것처럼 베팅을 하고 있지 않은가.

여기서 게임을 했다간 몇 판 만에 바로 패가망신을 할 것만 같았다.

"루크, 아무래도 여긴 좀 위험해 보이는……응?"

루크는 이미 한 테이블을 잡고 거기에 앉는 중이었다.

룰렛을 하는 자리였다.

"새로운 참가자가 오셨군요."

"어머나, 어쩌다 아기가 여기까지 왔을까?"

"이봐, 멈추지 마. 오늘 끗발 좋은데 흐름 끊기면 곤란해."

루크는 그들에게 눈인사만 하고서 자리에 앉았다.

"규칙은 알고 있으시죠?"

"물론."

"그럼 바로 시작하겠습니다."

딜러가 룰렛을 돌리고, 각자에게 쇠구슬을 건넸다.

"난 6."

"4에 넣는다."

"마음대로 되겠어? 이번엔 2."

참가자들은 1부터 6까지 중의 한 칸에 베팅을 했다.

이후 다 같이 쇠구슬을 던져 가장 많은 쇠구슬이 들어간 곳이 당첨되는 게임이다.

"3."

루크도 역시 베팅을 했다.

"슛 해 주십쇼."

네 명이 동시에 쇠구슬을 던졌다.

그리고 그 순간 한 남성의 입꼬리가 위로 올라갔다.

처음에 끗발이 좋다고 했던 남성이었다.

'자, 시작해 볼까? 마그넷.'

쇠구슬의 움직임이 기묘하게 달라졌다.

쇠구슬 두 개가 자연스럽게 6 쪽으로 움직인 것이다.

저 두 개가 들어온다면, 이번에도 자신의 승리이리라.

'정말로 되는구나.'

그는 자신의 손에 차고 있던 팔찌를 보며 생각했다.

마나 교란 장치를 피해, 마법을 사용할 수 있는 아티팩트.

거금을 주고 구입한 것인 만큼 효과가 확실했다.

'이거 며칠만 돌리면, 아티팩트 값은 갚고도 남겠어.'

그가 그렇게 확신하고 있을 때였다.

슈우웅-!

탁!

어디선가 날아온 쇠구슬이 6으로 들어가던 쇠구슬을 쳐 냈다.

"어?"

튕겨 나간 쇠구슬은 다시 룰렛 위를 돌아다니다가 3으로 들어갔다.

"3에 구슬 두 개, 당첨입니다."

딜러가 판돈을 루크에게 건네주었다.

"초반이라고 끗발 좋은 것 좀 봐!"

"부딪친 구슬이 들어가다니, 저게 무슨 운이야?"

참가자들이 놀란 눈으로 말했다.

하지만 한 사람만큼은 인상을 찌푸린 채로 룰렛을 바라보고 있었다.

'운이었겠지?'

그렇다고밖에 볼 수 없었다.

거기서 구슬들끼리 부딪치는 바람에 생긴 우연.

제대로 집중하면 이번엔 성공할 것이다.

'하필 저렇게 되다니.'

이번 실패는 뼈아팠다.

아티팩트의 힘을 검증한 탓에 확신을 가지고 많은 돈을 베팅했으니까.

'괜찮아. 조급해하지 말자고.'

이번에 올 인을 해서 다 집어넣는다면, 손해를 다 메우고도 남을 것이다.

"그럼 바로 다음 게임 시작하죠."

휘릭.

딜러가 룰렛을 돌리고, 쇠구슬을 나눠 주었다.

"이거 다 2로 넣지."

"그걸 다 넣으시려고?"

여성이 놀란 목소리로 물었다.

그가 베팅한 칩의 가치는 5천만 골드.

룰렛에 베팅하는 것치고는 매우 큰 금액이었다.

"화살 떨어졌으면 빠져도 돼."

"아냐, 난 배짱 있는 남자가 그렇게 멋있더라. 후훗!"

그 여성은 3에 5천만 골드를 베팅했다.

"이거 판 커지네. 좋아, 난 6."

"난 1로 하지."

루크의 베팅을 마지막으로 다 같이 쇠구슬을 던졌다.

'집중하자, 집중.'

남성은 신중하게 마그넷을 사용했다.

이번에는 구슬 네 개를 전부 끌어당겼다.

조금 부자연스러워 보일 수 있어도 어쩔 수 없었다.

이번 판엔 거의 전 재산을 건 만큼, 확실하게 해 둘 필요가 있었으니까.

어차피 이것만 따고 판을 뜨면 해결될 문제다.

그가 그렇게 생각하고 있을 때였다.

슈우웅-!

빠악!

어디선가 날아온 쇠구슬이 때렸다.

이번엔 좀 전보다 더 강하게 날아왔다.

마치 자신이 마그넷의 강도를 더 올렸다는 걸 알기라도 하는 것처럼.

투두두둑.

구슬이 여기저기로 흩어졌다.

그리고 그중 두 개의 구슬이 1로 들어갔다.

"1에 구슬이 두 개. 축하합니다."

"이건 말도 안 돼!"

남성이 벌떡 일어나며 외쳤다.

그러고는 루크의 멱살을 잡았다.

그 순간 테오 일행이 움직였다.

만약 루크가 그들을 제지하지 않았더라면, 남성의 팔목이 뒤로 꺾였으리라.

"너, 이 새끼! 사기 친 거지?"

"무슨 소리인지 모르겠네."

루크가 아무것도 모른다는 표정으로 말했다.

"구라 치지 마. 네가 일부러 내 구슬을 맞춰서 원하는 곳에 집어넣은 거잖아!"

남성이 얼굴이 시뻘게져서 외쳤다.

"풋."

"푸흡!"

주변에서 웃음을 참는 소리가 들려왔다.

심지어는 딜러마저 입을 막고 코를 벌렁거리고 있었다.

"주변을 봐. 지금 얼마나 말도 안 되는 소리를 했으면 저러겠어?"

"내가 똑똑히 봤어! 저 자식이 내 구슬을 노리고 치는 걸 똑똑히 봤다니까!"

"그것보다는 차라리 누가 마그넷을 써서 구슬의 위치를 옮겼다는 쪽이 훨씬 더 개연성 있지 않을까?"

"……"

남성의 눈이 급격하게 흔들렸다.

'언제 이렇게 많은 사람들이 모였지?'

왠지 다들 자신의 손목을 쳐다보고 있다는 느낌이 들었다.

"딜러, 대신 확인 좀 해 줘. 내 손가락이랑 저놈 손목에 있는 팔찌랑."

"알겠습니다."

딜러가 앞으로 나오자 남성이 한 걸음 뒤로 물러섰다.

"너, 인생 그, 그따위로 살지 마라."

남성은 루크의 멱살을 놓고는 서둘러 달아났다.

루크는 아무 일도 없었다는 듯 옷깃을 정리했다.

"쯧쯧, 나 덕분에 산 줄 알아라. 너 정도 벗겨 먹을 꾼들이 여기 얼마나 많은데."

루크가 도망친 남자를 향해 혀를 차고 있을 때였다.

"끌끌끌!"

사람들 사이에서 웬 노인의 웃음소리가 들려왔다.

"보기 드문 젊은이로구먼."

백색 수염을 기른 한 노인이 이곳을 보고 있었다.

모두가 가면을 쓰고 있는 이곳에서 혼자 맨 얼굴을 드러내고 있으니 뭔가 이질적이었다.

"축하하네, 첫판부터 많은 돈을 땄군."

"아닙니다. 운이 좋았던 거죠."

"끌끌, 이 바닥에선 운도 기술이지."

"그런가요?"

"어떤가, 이 늙은이와도 그 운을 한번 시험해 볼 텐가?"

그 말에 루크는 속으로 웃음을 지었다.

'이거, 생각보다 일찍 만났네.'

앞으로 몇 판은 더 해야 찾아올 줄 알았는데.

"그거 좋지요."

루크는 흔쾌히 제안을 수락했다.

"루크, 잠깐 이야기 좀 할 수 있을까?"

테오가 루크에게 슬쩍 다가가 말했다.

테오의 표정은 돌처럼 굳어 있었다.

"왜 그러는데?"

"저 사람이랑은 하면 안 돼."

"왜?"

"아무튼 안 돼. 이번은 내 말 좀 들어주라."

"아는 사람이야?"

"아주 잘 아는 사람이지."

테오의 목소리가 미세하게 떨렸다.

"예전에 나 털어 먹었다는 놈. 그놈이 바로 저 노인이야."

"그래?"

루크는 흥미로운 눈으로 그 노인을 바라봤다.

노인은 인자한 미소를 지으며 이쪽을 보고 있었다.

마치 제 손자를 보는 것 같은 표정.

그러나 루크의 눈에는 확실히 보였다.

그 미소 뒤에 숨어 있는 진짜 모습이.

"형이 털릴 만했네."

"그게 무슨 소리야?"

"상대를 잘못 골랐어."

"너도 저 사람 알아?"

"알지."

"어떻게 아는데? 누군데?"

"딱 보면 알잖아. 호구 잡는 꾼."

"……."

"근데 저 사람이 뭐 하러 노던까지 왔었을까?"

루크와 테오가 자기들끼리 속닥거리는 시간이 길어지자 노인이 끼어들었다.

"우리 언제 만난 적이 있던가? 왠지 안면이 있는 것 같은데."

"저는 아닌데, 이쪽은 노던에서 만난 적이 있다는군요."

"끌끌끌! 그래, 그랬군."

노인은 뭔가 생각난 듯 웃었다.

"그럼 이쪽에 있는 젊은이가 슈……."

"거기까지만 하시죠."

루크가 말을 끊자 노인이 머쓱한 듯 수염을 쓸었다.

"늙은이 입이 주책이군. 용서해 주시게."

노인은 그렇게 웃어 보이고는 테이블에 앉았다.

그러고는 카드를 꺼냈다.

"어쩌겠나? 형의 복수를 해 줄 텐가?"

"복수랄 게 있나요. 호구 잡힌 사람이 잘못이지."

"오랜만에 말이 잘 통하는 젊은이를 만났군!"

루크도 노인의 맞은편에 앉았다.

"야, 루크. 게임 하려고? 저 사람은 진짜라니까?"

테오가 화들짝 놀라며 루크에게 다가왔다.

"마, 맞습니다. 지금껏 딴 돈만 해도 많잖습니까? 여기서 그만하시죠."

브리데커도 팔을 걷어붙였다.

루크가 하는 말이면 뭐든지 찬성하는 엘린조차도 걱정스러운 눈으로 보고 있었다.

"괜찮아. 재밌어 보이잖아."

루크는 그렇게 태평한 소리로 받아치니, 테오 사단 입장에서는 답답함만 커져 갔다.

검술에 대한 자신감이 너무 큰 나머지, 다른 분야에도 그 자신감이 뻗친 건 아닐까.

그렇다고 여기서 마음먹은 루크를 말릴 수 있는 사람은 없었다.

"사람 더 있어야 하지 않나요? 두 명에선 부족한데."

"그렇군. 앉고 싶은 사람은 더 앉게."

노인의 권유에 주변에 있던 두 명이 더 자리에 앉았다.

덕분에 적당히 게임을 할 만한 인원이 맞춰졌다.

"종목은 젊은이가 정하지."

"클래식하게 포커로 하시죠."

"끌끌, 낭만을 아는군."

노인이 카드를 섞기 시작했다.

"그럼 이번에도 내가 가져가겠네."

노인이 테이블 중간에 놓인 칩들을 쓸어갔다.

구경꾼들은 그 모습을 보며 감탄했다.

"이번에도 이긴 거야?"

"큰 판은 무조건 가져가네, 저 영감님."

"저런 게 가능한가? 자기 패 안 좋을 때는 바로 죽어 버리던데."

그들은 노인의 앞에 높게 쌓여 있는 칩을 보며 침을 꿀꺽 삼켰다.

저게 다 얼마일까.

정확하지는 않아도 최소한 4억 골드는 넘어 보였다.

시작할 때는 1억 골드였던 같은데, 몇 판 만에 벌써 4배를 벌어들였다.

이곳에 모인 모두가 꿈꾸는 잭 팟이 바로 눈앞에서 터지고 있는 것이다.

"어떻게 하는 거지?"

"무슨 수작질이라도 하는 거 아니야? 마법사라든가……."

"그러기엔 상대 쪽에서도 이런저런 준비를 다 했잖아."

"하긴……."

노인을 상대하는 이들도 보통내기는 아니었다.

게임을 시작하기 전에 준비하는 것만 봐도 그랬다.

저런 것들을 피해서 수작을 부릴 수 있는 마법사는 거의 없을 것이다.

"어쨌든 저 사람들도 안됐어."

"그러게. 아까 보니까 꽤 많이 번 것 같던데, 그걸 여기서 다 꼴아 버리네."

"원래 끗발 떨어지면 바로 망하는 게 이 바닥이지."

"에혀, 나한테 저런 끗발 왔으면 딱 먹고 싹 빠졌을 텐데."

"어련히 그랬겠냐?"

구경꾼들의 말소리가 많아질수록, 테오 사단의 표정도 굳어졌다.

"이걸 어쩌죠, 공자님?"

"역시 루크를 말려야 했어."

테오가 머리를 감싸 쥐었다.

지금 루크의 모습은 과거의 자신이 당하던 때와 똑같았다.

역시 루크도 전문 꾼들 앞에서는 별수 없었던 것이다.

"지금이라도 말릴까요?"

"내버려 둬, 어차피 우리는 말리지도 못할 텐데."

"그래도……."

"어차피 지금까지 잃은 것들은 다 조금 전에 번 돈이잖아.

경비에서 꺼내 쓰는 것도 아닌데, 저거만 잃고 정신 차리면 되지."

올려놓은 칩을 보니 아마 한두 판이 마지막이리라.

저 녀석도 생각은 있는 놈이니, 그걸 다 쓰고 나면 제 발로 일어나겠지.

첫판에 번 돈이 아깝기는 했지만, 어쩔 수 없었다.

그건 루크의 수업료라고 봐야지.

생돈 4억 골드를 잃은 자신보다야 훨씬 싼 수업료이리라.

테오는 그렇게 생각하며 게임을 지켜봤다.

하지만 이내 들려온 루크의 목소리에 정신이 아득해졌다.

"이 패로는 죽을 수가 없어."

그렇게 말하더니 칩을 모조리 집어넣는 것이 아닌가.

그뿐만이 아니었다.

갑자기 품을 뒤적이더니 거기 들어 있던 돈주머니도 꺼냈다.

그의 눈이 잘못되지 않았다면 저 돈은 분명 자신들의 경비였다.

"야, 야……!"

테오가 사태의 심각성을 인지하고 그를 말리려 했다.

그러나 루크는 이미 그 돈을 테이블 위에 올려 버렸다.

"나는 죽겠어."

"나도."

다른 참가자들도 모두 게임을 포기할 정도로 큰돈.

그러나 노인은 여유가 넘치는 눈으로 루크를 바라보았다.

"후회하지 않겠나? 자네 형도 저렇게 걱정인데?"

"괜찮습니다. 이건 확실해서요."

"그런가?"

루크의 자신만만한 태도에 노인의 눈썹이 미세하게 꿈틀거렸다.

'고작 원 페어로 저 돈을 다 건다고?'

그의 눈에는 루크가 가진 패가 훤히 보였다.

방법은 간단했다.

벽 구석구석에 붙여 둔 작은 아티팩트.

그것을 이용하면 이 공간에 있는 모든 이의 패를 다 볼 수 있었다.

물론 마나 교란 장치 같은 건 신경 쓰지 않아도 되었다.

그딴 조잡한 물건들을 피해 가는 건 그에게 소일거리 정도도 아니었으니까.

'슈넬덴의 혈족이라 해서 내심 기대했는데 이놈도 형과 다를 게 없네.'

노인은 실망한 기색을 숨기고는 칩을 밀어 넣었다.

자신의 패는 투 페어.

이대로 카드를 오픈하면 자신이 이길 것이다.

그와 함께 이 잠깐의 여흥도 끝이 나겠지.

"그럼 오픈하겠네, 난 투 페어일세."

"그런가요? 저는……."

툭.

루크가 카드를 내려놓았다.

그리고 그 순간, 노인의 눈에 보이는 카드가 바뀌었다.

워낙 찰나에 바뀌다 보니, 그 누구도 알아차리지 못했다.

"어?"

그가 뭐라 말하기도 전에 루크는 바뀐 카드를 내려놓았다.

분명 같은 숫자가 두 장밖에 없었는데, 눈 깜짝할 사이 세 장이 되어 버렸다.

"트리플입니다. 휴, 큰일 날 뻔했네요."

"우와아아아아앗!"

"저거 한 판에 얼마야?"

"와 씨, 여기서 트리플로 이겨 버리네."

둘의 패를 확인한 구경꾼들이 환호를 내질렀다.

"이 자식아, 믿고 있었다고!"

"역시 공자님입니다! 쉽게 당할 분이 아니죠."

뒤에 있던 테오 사단도 두 손을 번쩍 들었다.

그렇게 주변이 소란스러운 사이, 노인은 어벙해진 얼굴로 카드를 바라보고 있었다.

"……어떻게?"

"왜요? 제 패가 이기면 안 됩니까?"

루크가 씩 웃으며 말했다.

노인은 대답하지 못했다.

여유가 있을 때 패를 바꿔치기하는 거면 모를까, 어떻게 카드를 내는 그 찰나의 순간에 패를 바꿀 수 있단 말인가.

저런 손놀림을 가진 사람은 본 적도 없었다.

아니, 딱 한 번 본 적이 있긴 했지만, 그것도 아주 오래전의 이야기였다.

"벽에 이글아이가 아니라 호크아이를 달아 놨어도, 제 손이 더 빨랐을 겁니다."

"……?"

"그리고 이제 돌아가셔서 푹 쉬십쇼. 계속 그러고 있기도 힘들잖아요."

루크는 노인을 향해 씩 웃어 주고는 칩을 챙겼다.

그가 일행과 함께 떠날 때까지도, 노인은 그의 뒷모습을 멍하니 바라보고 있었다.

도박장에는 중간에 사람들이 쉴 수 있는 방이 마련되어 있었다.

그중에서 가장 깊은 곳에 있는 방은 VIP만을 위한 공간.

조금 전 루크와 포커를 쳤던 노인이 그 방으로 들어왔다.

그리고 놀라운 광경이 펼쳐졌다.

츠츠츠츠.

노인의 몸이 점점 허물어지더니, 그 안에서 한 여인이 나왔다.

허리까지 내려오는 은빛 머리카락, 그리고 마성의 매력을 가진 붉은 눈까지.

절세의 미녀라는 단어가 절로 떠오르는 여인이었다.

그러나 더욱 놀라운 건 그녀의 정체였다.

그녀는 바로 황색 마탑의 탑주, 크라이스였다.

"탑주님, 안색이 어두우십니다."

"신경 쓰이는 일이 있었어."

"혹시 골목에 무슨 일이라도 있었습니까?"

"돈을 잃었거든. 4억 골드 정도."

부관의 눈이 커졌다.

4억 골드를 잃었다는 것 때문이 아니었다.

황색 마탑의 재력에서 4억 골드 정도는 푼돈 정도일 뿐이니까.

그보다 놀라운 건 크라이스가 게임에서 졌다는 사실 그 자체였다.

그녀는 황색 마탑에서 만든 보안 장치들을 직접 시험해 보기 위해 주기적으로 골목을 방문한다.

언제나 그녀는 보안 장치들을 뚫어 버리는 데 성공했다.

그건 이번에도 마찬가지였을 터.

그렇다면 크라이스에게 게임을 이기는 건 불가능했을 텐데.

"그뿐만이 아니야."

"뭐가 더 있습니까?"

크라이스는 좀 전에 있었던 대화를 떠올렸다.

─벽에 이글아이가 아니라 호크아이를 달아 놨어도, 제 손이 더 빨랐을 겁니다.

─그리고 이제 돌아가셔서 푹 쉬십쇼. 계속 그러고 있기 힘들잖아요.

자신이 부린 수작뿐만 아니라, 자신의 정체도 알고 있는 듯한 말투.

그렇다면 녀석은 어디까지 알고 있는 것일까.

그저 자신이 누군가로 변장하고 있다는 것 정도?

아니면 그 이상까지도?

그럴 리는 없었다.

탑의 그 누구도 아직 그 이상을 알고 있는 이는 없었다.

그런 걸 슈넬덴에서 온 꼬마들이 알 리가 없었다.

그런데 어째서 녀석의 말이 이렇게나 신경 쓰이는 것일까?

'슈넬덴의 혈족이라서 그런가?'

그렇다고 하기엔 이미 몇 년 전에 노던에서 테오를 본 적이 있었다.

그때 만났던 테오는 이렇게나 인상적이지 않았다.

소문대로 그저 도박에 빠진 한심한 망나니였을 뿐.

하지만 방금 전에 만난 녀석은 달랐다.

마치 '그 녀석'이 떠오를 정도로 뇌리에 깊이 박혔다.

'다시 한번 만나 봐야겠어.'

이번에는 노인의 모습이 아니라, 지금 이 모습으로.

"사람 한 명만 데리고 와."

"조금 전에 게임을 했던 상대 말입니까?"

"맞아, 그 녀석. 아마 슈넬덴의 이 공자일 거야."

"슈넬덴의 공자가 어째서 여기에……."

"그거야 모르지. 어쨌든 탑으로 가 있을 테니까, 내 방으로 데리고 와 줘."

"알겠습니다."

부관이 떠난 후, 크라이스도 자리에서 일어났다.

그녀의 눈은 흥미로운 것을 본 것처럼 반짝이고 있었다.

'과연 그 녀석만큼이나 흥미로울 수 있을까?'

당연히 그러기는 힘들 것이다.

오랜 세월 속에서 그 녀석만큼이나 자신의 흥미를 당기는 녀석은 없었으니까.

그래도 한번 시험해 볼 가치가 있을 것 같았다.

만약 이 공자가 그 시험을 통과한다면?

황탑주로서 장담하건대, 슈넬덴은 다시 옛 명성을 되찾을 수 있을 것이다.

'꽤 기대되네.'

톡.

그녀가 들고 있던 스태프로 바닥을 가볍게 찍었다.

그러자 그녀의 모습이 사라졌다.

마치 원래부터 아무도 없었다는 듯이.

Chapter 3

"미쳤어! 미쳤다고!"

골목을 나와서도 테오는 여전히 흥분이 가시질 않은 것 같았다. 손에 들려 있는 묵직한 돈주머니를 보면 누군들 그렇지 않겠는가.

"정말 4억 골드를 땄다고? 그것도 한탕에?"

"말했잖아. 괜찮다고."

"난 진짜 네가 털릴 줄 알았다니까."

옆에 있던 브리데커와 엘린도 고개를 끄덕였다.

품에서 경비를 꺼낼 때만 하더라도, 저 녀석이 정말 어떻게 된 건 아닐까 생각했었다.

"진짜 인생 한 방이구나."

"그래, 한 방이지. 형도 한 방에 4억을 잃었으니까."

"뭘 또 그렇게……."

테오가 시무룩해졌다.

루크는 그런 테오의 어깨를 툭 치고는 앞서 나갔다.

"아무튼 먼저 숙소로 가 있어."

"엥? 너는 어디로 가게?"

"현금 4억을 그대로 들고 다닐 수는 없잖아. 오르겐 쪽에 달아 두려고."

"그럼 같이 가면 되지."

"아마 나랑 같이 있으면 위험할걸."

루크의 의미심장한 말에 모두가 고개를 갸웃했다.

대륙에서 가장 안전한 곳을 꼽으라면, 그들은 주저 없이 루크의 옆이라고 말했을 것이다.

그런 루크가 어째서 저렇게 말하는 걸까?

"곧 있으면 날 잡으러 올 거거든."

"누가?"

"황탑주가."

"황탑주가? 왜?"

"그야 내가 그 사람한테 사기를 쳤으니까."

"사기라니? 갑자기 왜 황탑주한테…… 설마?"

루크가 고개를 끄덕이는 순간, 눈앞이 깜깜해졌다.

입 밖으로 어떤 말도 나오지 않았다.

아직 상황을 이해하는 시간이 필요했다.

"그러니까, 아까 그 노인이 황탑주라고?"

"응."

"그리고 네가 그 사람한테 사기를 쳤다고?"

"마지막 판에 카드를 바꿔치기했지."

루크가 어깨를 으쓱했다.

"근데 그 사람도 내 카드를 보면서 쳤어. 그러니까 통 쳐야지."

"지금 그게 문제가 아닌 것 같은데……."

황탑주가 사기를 쳤냐, 안 쳤냐가 문제가 아니라, 루크가 황탑주에게 사기를 쳤다는 게 문제였다.

황탑주가 누구인가.

정체를 알 수 없는 은둔의 마법사, 끔찍한 실험을 서슴없이 자행하는 매드 매지션, 황탑과 관련된 모든 괴담의 근원지.

온갖 괴기한 수식어가 붙어 있는 자였다.

그런 자에게 사기를 쳐서 돈을 빼 왔다고?

그자가 루크의 패를 보고 있었다고 했으니, 루크가 카드를 바꿔치기했다는 것도 알아차렸을 것이다.

분명 이대로 넘어가지 않을 테지.

"아니, 근데 너 황탑에 뭐 의뢰하러 온 거 아니었어?"

"그렇지."

"그런 놈이 황탑주한테 사기를 쳐?"

"이렇게 해야 황탑주가 직접 찾아올 거 아니야."

"……."

사기를 치면 황탑주가 찾아오긴 하겠지.

대신 좋은 의도를 가지고 오지 않을 뿐.

'아버지, 아무래도 조용히 돌아가기는 그른 것 같습니다.'

테오는 본가에 있는 아버지를 떠올렸다.

"그래서 따로 움직이자는 거잖아."

"아무리 그래도 어떻게 너 혼자 두고 갈 수가 있겠어?"

"감동적이긴 한데, 같이 있는 게 더 불편해."

상대는 마법사들이었다.

그것도 황탑의 마법사.

어떤 수단을 사용해 접근할지 알 수 없었기에, 목표 대상을 줄여 둘 필요가 있었다.

테오도 그런 의도를 알아차린 건지 이내 고개를 끄덕였다.

같이 있는 시간이 많아졌다고, 녀석도 눈치가 생긴 모양이다.

"알겠어. 그럼 돈만 맡겨 놓고 바로 와."

"먼저 가 있어."

루크는 손을 흔들어 주고는 시내 쪽으로 향했다.

테오 일행은 걱정을 완전히 지우지 못한 채로 숙소로 돌아갔다.

그리고 잠시 후, 로브를 입은 남자가 그곳에 나타났다.

'기사들이라 그런지 발걸음이 빠르군.'

탑주의 명을 듣고 바로 그들을 쫓았지만, 어느새 그들은 골목에서 꽤 멀어져 있었다. 다행히도 녀석들이 남긴 마나의 흔적을 쫓아 이곳까지 올 수 있었다.

문제는 여기서 흔적이 양 갈래로 나뉘었다는 것.

'내가 추적하고 있다는 걸 알고서 혼선을 주려는 건가?'

그럴 수도 있었다.

과연 어느 쪽이 탑주께서 데려오라고 한 이 공자일까.

"디텍트."

그는 흔적을 좀 더 자세히 살폈다.

오른쪽의 기운이 왼쪽의 기운보다 더 짙었다.

정확히는 더욱 '슈넬덴'스러운 느낌이 났다.

남자의 얼굴에 웃음기가 배어 나왔다.

'슈넬덴의 두 형제 중 테오가 더 강하다고 했지?'

그렇다면 기운이 더 짙은 쪽이 테오일 것이다.

'탑주께서는 이 공자를 데려오라 하였으니…….'

결론을 내린 그는 기운이 더 약한 쪽으로 향했다.

그리고 그곳은 테오 일행이 걸어간 곳이었다.

❦

"공자님, 혼자서 정말 괜찮을까요?"

엘린이 걱정스러운 목소리로 물었다.

"어쩔 수 없잖아. 그놈 말대로 우리가 있어 봐야 더 도움 안 되니까."

그 말을 하는 테오의 표정은 어딘지 분해 보였다.

이미 루크와의 차이가 많이 벌어진 건 알고 있었지만, 그래도 녀석의 무릎 높이라도 쫓아가고 싶었다.

그러나 아직도 자신은 루크의 발끝에도 미치지 못하는 것 같았다.

'더 열심히 수련하는 수밖에.'

이참에 숙소에 도착하는 대로 바로 검술 수련이라도 해야 속이 풀릴 것 같았다.

그렇게 생각하며 숙소에 도착했을 때였다.

"실례하겠습니다."

그들의 앞에 로브를 입은 남자가 나타났다.

"누구?"

"잠시 저와 함께 가 주시지요."

"어딜?"

테오가 미간을 좁히며 말했다.

"조금 전 골목에서 있었던 일에 대해 해명을 듣고 싶은 분이 계십니다."

"조금 전 골목에서 있었던 일?"

뭔가 일이 잘못된 것 같았다.

아무래도 루크에게 가야 할 녀석이 이쪽으로 온 것 같다.

이건 전혀 생각지도 못했던 전개인데.

"사람을 잘못 봤어. 난……."

"모른 척해 봐야 소용없습니다. 저는 골목에서부터 당신의 기운을 쫓아온 거니까요."

"그러니까 그게 착각이라고."

"말로 해 봐야 소용이 없겠군요."

남자가 다짜고짜 스태프를 꺼내 들었다.

쿵.

그가 스태프를 찍었다.

그러자 딱딱했던 바닥이 흐물거리기 시작했다.

"어……?"

테오 일행이 중심을 잃고 비틀거렸다.

슈우욱-!

그 순간 바닥이 마치 생물의 입처럼 변하더니, 그들을 집어삼키려 했다.

생전 처음 보는 광경. 테오와 엘린이 울렁거리는 바닥을 딛고서 재빨리 빠져 나왔다.

하지만 브리데커는 미처 벗어나지 못했다.

"으아아아악-!"

"젠장, 브리데커!"

"브리디! 윽!"

"여러분들도 순순히 따라가 주시죠."

테오와 엘린은 놀랄 틈도 없이 발을 움직여야 했다.

뒤이어 다른 입이 그들을 덮쳤으니까.

콰아아악-!

심지어 이번에는 그 입에서 날카로운 돌덩이가 쏘아졌다.

이미 뛰어오른 상황이었기에 더 이상 회피할 수는 없었다.

스걱.

그 대신 둘은 검을 휘둘러 돌덩이를 갈라 냈다.

그러고는 둘의 눈이 마주쳤다.

엘린의 눈은 이미 초점이 나가 있었다.

'어쩐지 움직임이 잽싸더라니.'

생명에 위협을 느끼자 또다시 각성 상태가 된 모양이었다.

"이렇게 공중에 뜬 상태로는 또 공격당할 겁니다."

정확한 판단이었다.

그래도 그동안의 수련 덕분에 이전보다 훨씬 이성을 잘 유지하고 있었다.

콱!

"억?"

그 순간 엘린이 테오를 밟았다.

그리고 테오를 발판 삼아 공중에서 방향을 바꿨다.

목표물은 마법사의 목.

엘린은 순식간에 그에게 날아가 검을 휘둘렀다.

"나름 좋은 시도군요. 하지만 그걸로는 부족합니다."

카앙!

남자는 커다란 바위를 소환해 그 공격을 막아 냈다.

그러나 그 순간 목 뒤가 서늘해지는 기분이 들었다.

"어?"

뒤를 돌아보니 어느새 테오가 검을 휘두르고 있었다.

스걱!

테오의 검이 남자의 목을 스치고 지나갔다.

남자는 놀란 눈으로 목을 쓰다듬었다.

화끈한 느낌과 함께 핏물이 묻어 나왔다.

아마 방어 마법을 조금만 늦게 펼쳤더라면 자신의 목이 바닥을 구르고 있었으리라.

'……이것들 뭐야?'

공중에서 저렇게 방향을 바꾼 것도 대단한데, 그 틈에 또 다른 한 명이 뒤로 돌아오다니.

워낙 파격적인 움직임이라 예상조차 하지 못했다.

아무래도 자신의 판단이 틀렸던 것 같다.

이 녀석들은 평범한 수준의 기사들이 아니었다.

슈넬덴에서 고르고 고른 실력자들이리라.

"너, 일부러 그랬지?"

"……"

"야, 대답 안 해? 방금 일부러 내 얼굴 밟았잖아."

"……."

"너 다 들리는 거 알아!"

저 대화를 듣고 있자니, 또 실력자가 아닌 것 같기도 했다.

하마터면 황탑의 간부가 슈넬덴의 바보에게 목이 베였다는 소문이 돌 뻔했다.

"어쨌든 지닌 실력은 진짜인 것 같으니, 저도 진심으로 나서야겠군요."

남자의 눈빛이 더욱 진지해졌다.

그걸 본 테오와 엘린도 자세를 잡았다.

"어스 뱅."

쿵.

남자가 스태프를 찍었다.

좀 전과는 완전히 다른 기운이 뿜어져 나왔다.

쿠구구구구구.

땅이 흐물거리는 걸 넘어 용솟음을 치기 시작한다.

순식간에 거대한 토산이 만들어졌다.

그리고 그 산이 쏟아졌다.

거대한 산사태를 정면으로 마주한 것 같은 광경.

"미친……!"

쏴아아아아.

그 흙의 파도는 순식간에 테오와 엘린을 집어삼켜 버렸다.

마치 원래부터 아무것도 없었던 것처럼.

루크의 표정이 좋지 않았다.

"뭐야, 그 할망구…… 그새 변한 건가?"

분명 황탑주라면 자신에게 흥미를 느끼고 사람을 보낼 거라고 생각했다.

그러나 돈을 맡기고 숙소로 돌아올 때까지도 자신의 뒤를 밟는 기척은 느껴지지 않았다.

처음엔 아직 자신이 힘을 되찾지 못해서 미행을 눈치채지 못한 걸까 생각하기도 했다.

하지만 인적이 드문 숙소에 다 왔을 때까지도 모습을 드러내지 않을 걸 보면, 자신에게 붙은 미행이 없다는 뜻이었다.

"칫!"

계획이 실패한 것 같다.

물론 모든 계획이 100% 성공할 수는 없다지만, 그래도 계획대로 일이 흘러가지 않으니 아쉽긴 했다.

'이러면 탑주를 만날 방법을 다시 생각해 봐야겠네.'

그러나 그 생각도 잠시.

루크는 숙소에 감도는 이상한 기류를 눈치챘다.

'테오가 없는 것 같은데?'

아까부터 미행에 신경 쓰느라, 테오 일행의 기운이 느껴지지 않는다는 걸 깨닫지 못하고 있었다.

'설마?'

그제야 루크는 일이 뭔가 잘못되었다는 생각이 들었다.

루크는 급하게 숙소 마당으로 달려갔다.

예상과 달리 그곳의 광경은 멀쩡했다.

바닥이 파인 흔적이나 칼자국도 전혀 보이지 않았다.

정말 아무 일도 없었던 것일까.

아니, 이곳에 선명하게 남아 있는 마나의 흔적들이 그렇게 말하고 있었다.

이 정도의 흔적을 남기려면 아마 상대는 최소한 프라임급의 마법사여야 할 것이다.

그것도 마탑의 마나까지 끌어다 쓸 정도로 큰 마법을 쓴게 분명했다.

'의외인데?'

프라임급 마법사가 진심으로 마법을 사용해야 했을 정도로 테오 일행이 잘 싸웠을 줄이야.

아마 마법사랑 붙어 본 경험이 조금만 더 있었어도, 이보다 훨씬 더 잘 싸울 수 있었을 것이다.

그동안 피나는 수련을 시킨 보람이 느껴졌다.

'아마 그놈들을 해치진 않을 거야.'

황탑주가 노리는 건 바로 본인.

그 녀석들을 이용해 자신을 유인하면 유인했지, 인질에게 허튼짓을 할 사람은 아니었다.

'그래도 이럴 줄 알았으면 그냥 내가 데리고 있을걸.'

본의 아니게 녀석들에게 피해를 준 것 같아 미안해졌다.

그래도 결과적으로 일이 편해지긴 했다.

어쨌든 자신의 목표는 탑주를 만나는 거였고, 이것으로 마탑으로 직행할 명분이 만들어졌으니까.

예상했던 것보다 더 쉽게 탑주실까지 들어갈 수 있을 것이다.

'그럼 오랜만에 황탑주의 본모습을 보러 가 보실까?'

루크는 곧장 방향을 돌렸다.

그가 향하는 곳은 르세임의 중심부, 가장 높게 솟은 황색 마탑이었다.

"윽."

어두웠던 시야가 갑자기 밝아지자 테오는 곧바로 주변을 살폈다.

자신들은 어떤 방 안에 있었다.

어떤 가구도 없이 그저 새하얗기만 한 방.

"으으윽."

"끄응."

소리가 들려온 쪽으로 고개를 돌리자, 브리데커와 엘린이 보였다.

다행히 그들도 크게 다친 곳은 없는 것 같았다.

몸을 움직여 보려 했지만, 쇠사슬에 묶이기라도 한 것처럼 움직일 수가 없었다.

정작 자신의 몸에는 쇠사슬은커녕 밧줄조차 보이지도 않았는데.

'이게 속박 마법이라는 건가?'

이런 마법에는 처음 걸려 봤는데, 그리 기분이 유쾌하진 않았다.

'그럼 정황상 여기는 황탑이겠네.'

황색 마탑.

불법 인체 실험, 이종 간 합성 실험, 대량 살상 무기 개발 등.

듣기만 해도 소름이 끼치는 실험들을 일삼는다고 알려진 곳이었다.

그런 곳에 자신들이 잡혀 와 있는 것이었다.

"후우."

테오는 심호흡을 하며 마음을 가라앉혔다. 루크가 말했던 것처럼 황탑에 대한 소문이 과장되었을 수도 있다. 소문이라는 게 얼마나 쉽게 과장되는지는 자신도 몸소 경험했으니까.

그러나 소문이 과장되었다고 해도, 어쨌든 지금 황탑은 자신들에게 어느 곳보다 위험한 장소였다. 기사와 마법사 간의 비우호적 관계를 군이 언급할 필요도 없었다.

루크가 황탑의 수장에게 사기를 쳤다는 사실만으로도, 지금 자신들이 처한 위험을 설명할 수 있으니까.

아마 곧 있으면 탑주가 이곳으로 달려올 것이다. 얼굴을 보고 나면 루크가 아님을 알아차릴 테지만, 그렇다고 순순히 놓아주진 않을 것이다.

'우리를 실험체로 안 쓰면 다행이지.'

이건 지나친 생각이 아니었다. 황탑은 원래부터 어떤 세력과의 외교 관계에 신경 쓰지 않기로 유명했으니까.

'그러니까 내가 정신을 차려야 해.'

자신이 외교적으로 타협을 보든 잘못했다고 싹싹 빌든, 아니면 이판사판으로 붙어 보든.

무슨 수라도 써 보려면 정신을 바짝 차리고 있어야 했다.

테오가 그렇게 다짐하고 있을 때였다.

철컥.

문고리가 돌아가더니 누군가 들어왔다.

"와……."

테오의 눈이 크게 떠졌다.

'누구지?'

'누군지는 몰라도 미인인 건 확실한데?'

어느새 의식을 차린 브리데커와 엘린도 마찬가지였다.

"사람을 잘못 데려왔네."

그녀는 테오 일행을 보고는 혀를 찼다.

"얘는 망나니 장남이잖아."

"사람을 잘못 데려왔다면 설마…… 황탑주십니까?"

"맞아."

"……와!"

자신이 봤던 황탑주는 주름이 자글자글한 노인이었다.

그런데 실제로는 이런 미인이었다니.

저런 사람에게라면 실험을 당하는 게 괜찮을지도.

그런 생각이 머리를 스치고 지나갔다.

"네 동생은 어디 있지?"

황탑주가 미간을 찌푸리며 말했다.

고작 표정을 찌푸린 것뿐인데, 피부가 따끔할 정도의 살기가 쏟아졌다.

뚝.

식은땀이 목 줄기를 타고 흘렀다.

그러자 정신이 돌아왔다.

저 사람은 그 악명 높은 황탑주 크라이스.

그리고 그런 사람이 지금 루크의 목을 노리고 있다.

형으로서 어떻게든 루크를 지키는 게 먼저였다.

루크를 잃는 건 가문의 더없이 큰 손실일 테니까.

"저야 모르지요, 동생이 어디 있는지는."

테오는 결연한 눈빛으로 대답했다.

"나한테 거짓말을 해 봤자 소용없는 건 알고 있지?"

"정말로 모릅니다."

"그래? 그렇다면 직접 알아보면 되겠지."

황탑주는 품에서 수상한 약병을 꺼냈다.

테오는 긴장한 눈으로 그 약병을 바라봤다.

그러고 보면 오는 길에 브리데커에게 그런 말도 들었다.

황탑에는 복용자의 정신을 붕괴시켜 자백하게 만드는 약이 있다고.

'저게 그 자백제인가?'

저걸 마시면 평생 폐인이 된다고 하던데.

막상 저걸 보고 있으니 마음속에서 두려움이 일었다.

뽕.

병마개를 열자 불쾌한 냄새가 코를 찔렀다.

"괜찮아. 잠깐은 고통스럽겠지만, 곧 편안해질 거야."

그녀가 약병을 테오의 입에 가져다 댔다.

테오의 입이 마치 누군가에게 조종당하기라도 하는 듯 저절로 벌어졌다.

"쭉 들이켜."

그녀가 약병을 기울이려 할 때였다.

똑똑똑.

누군가 방문을 노크했다.

황탑주는 약병을 거두고는 문을 향해 몸을 돌렸다.

"무슨 일이지?"

"탑주님, 찾으시는 손님이 직접 왔습니다."

탑주의 입가에 미소가 걸렸다.

반면 테오 일행의 표정은 어두워졌다.

어떻게든 루크만은 지켰어야 했는데, 결국 제 발로 여기까지 온 모양이었다.

"그럼 여기로 데리고 와."

"예."

"뭘 데리고 와. 난 벌써 왔는데."

다른 사람의 목소리가 들려왔다.

콰앙!

문짝이 커다란 소리를 내며 날아갔다.

"그러니까 그 가짜 약은 집어치우시죠."

그 뒤에는 루크가 서 있었다.

"도둑이 제 발로 찾아왔네."

"케켁!"

누군가 방 안의 공기를 모두 앗아 가기라도 한 것일까.

엄청난 중압감에 테오 일행은 호흡을 할 수가 없었다.

이런 말도 안 되는 기세를 내뿜는 이가 누구인지 굳이 말할 필요가 없었다.

황탑주 크라이스. 그녀의 주변에는 아예 공간이 왜곡되는 것처럼 보일 지경이었다.

그러나 정작 루크는 그런 크라이스를 시큰둥하게 마주하고 있었다.

"누가 골방에 틀어박힌 마법사 아니랄까 봐, 대화하는 매너가 참 구리네요."

루크의 말에 테오 일행의 얼굴은 황당함으로 물들어 갔다.

지금 저놈이 누굴 앞에 두고 저런 소리를 하고 있는지 알기는 하는 건가?

저건 자신을 죽여 달라고 비는 것과 다를 바가 없었다.

"대화 매너가 구리다고?"

"그럼요. 사람을 잘못 데려갔으면 일단 사과부터 해야 하는 거 아닙니까?"

"뭔가 단단히 착각하고 있나 본데……."

크라이스가 고개를 저으며 말했다.

"내가 슈넬덴의 혈족이라고 해서 죽이지 못할 것처럼 보여?"

"그럴 리가요. 슈넬덴이 아니라 코넬리오였어도 죽였겠죠."

"그럼 그걸 알면서도 내게 이렇게 구는 거야?"

"어차피 지금 당장 죽일 건 아니잖아요."

크라이스의 눈이 처음으로 흔들렸다.

'이놈은 뭐 하는 놈이지?'

흥미가 생겨났다.

자신의 트릭을 알아내고, 마지막 순간에 카드를 바꿔치기한 손놀림만으로도 꽤 흥미로웠다.

그렇다고 해 봐야 어디까지나 정전기가 통했을 때 느끼는 약간의 놀라움 정도일 뿐이었다.

그러나 저 눈빛을 보자 그 놀라움이 호기심으로 변했다.

알맹이도 없는 허세가 아니라, 정말 자신의 실력에 대한 믿음으로 꽉 찬 눈빛.

저 눈빛은 자신이 아주 잘 알고 있는 어떤 녀석과 똑같았다.

'그러고 보니 그 녀석과 똑같은 점이 많네.'

저 녀석에 대해 조금 더 알아보고 싶어졌다.

"지금 당장 죽일 건 아니라고? 어떻게 확신하지?"

"글쎄요. 그냥 감으로?"

"그보단 내가 널 죽이고 싶을 거란 생각을 하는 게 당연할 것 같은데?"

크라이스가 일부러 마나의 압력을 더욱 높이며 말했다.

"설마 그깟 4억 골드 잃은 것 때문에요?"

루크는 아랑곳하지 않고 대답했다.

"에이, 언제부터 황탑이 그렇게 가난했습니까? 그리고 그건 게임을 통해서 정당히 가져간 돈이잖아요."

"마지막에 카드를 바꿔치기해 놓고 정당이라?"

"그렇게 치면, 구석에다 초소형 관측 도구를 붙여 둔 건 괜찮고요?"

"……."

"어쨌든 피장파장인데 그건 넘어가시죠."

눈빛만이 아니었다.

말투나 분위기 모두 그 녀석을 떠오르게 했다.

지금으로부터 200년 전, 자신에게 저토록 당돌하게 굴던 녀석. 자신이 기나긴 세월 속에 지쳐 가고 있을 때, 삶에 흥미를 불러일으킨 녀석이었다.

그 녀석의 이름도 역시 루크 슈넬덴. 그 피를 물려받기라도 한 것일까, 제 조상과 하는 짓이 똑같았다.

"그것도 맞는 말이네."

"그렇죠? 그럼 그걸로 퉁치고 이제 우리 집안사람들 좀 풀어 주시죠."

"그럴 순 없지. 그건 차치하더라도, 널 죽여야 할 다른 이유가 생겼어."

크라이스의 입에 비릿한 미소가 걸렸다.

"실력도 없으면서 감히 황탑주에게 건방을 떨었으니, 이 죗값은 치러야 하지 않겠어?"

"뭐 그런 억지가 나올 건 예상하고 있었어요."

이번엔 루크의 입꼬리가 올라갔다.

"그런데 누가 그럽니까? 제가 실력도 없다고."

"객기를 부리는구나."

"과연 이게 객기일까요?"

"자신감만큼은 인정해 주지. 실력도 그만큼이 되는지는 모르겠지만."

"못 믿으시겠다면 검증이라도 해 보시든가."

"……."

보면 볼수록 200년 전의 루크를 떠올리게 하는 녀석이었다.

그럴수록 호기심도 더욱 자라났다.

과연 저 아이도 과거의 그 녀석에 버금가는 실력을 가지고 있으려나.

그 궁금증을 해결하기 위해선 직접 확인해 보는 수밖에 없겠지.

"그래, 그렇다면 검증을 해 보도록 하지."

"어떻게 할 건데요?"

스윽.

그녀는 자신의 주위로 한 발자국 정도 되는 크기의 원을 그렸다.

"3서클 이하의 마법만 써 줄 테니까, 무슨 수를 써서든 날 여기서 한 발자국이라도 벗어나게 해 봐."

"제가 성공하면요?"

"그럼 너의 자격을 인정하고 이번 일은 없던 것으로 마무리할게. 반대로 못한다면……."

크라이스의 눈이 얼음처럼 차갑게 빛났다.

"내게 건방을 떤 대가는 치러야겠지."

"그, 그건 너무하잖……습니까!"

그때 테오가 억지로 목소리를 냈다.

크라이스의 입술이 씰룩거렸다.

이 정도 마나의 압력이라면 웬만한 놈들은 기절했을 것이다.

그런데 어떻게 된 게 저놈들은 한 명도 의식을 잃지 않고 있는 것인가.

심지어 그중 하나는 멀쩡히 이야기까지 하고 있고.

못 보던 사이에 슈넬덴이 변하긴 한 모양이었다.

"뭐가 너무하다는 거지?"

"그 조건을 성공할 수 있는 실력자는 대륙에서도 극소수에 불과할 겁니다. 그걸 고작 열여섯 살짜리 애한테 요구하다니요."

"그런 실력도 없으면서 감히 내게 건방을 떠는 건 괜찮고?"

"……."

테오는 루크 쪽을 쳐다봤다.

어차피 루크 혼자서 안 될 거, 여차하면 그냥 넷이서 한 번에 덮치는 게 어떨까, 하고 생각했다.

차라리 숫자라도 많은 편이 가능성이 클 테니까.

그러나 루크는 괜찮다는 듯 고개를 끄덕였다.

'괜찮을 리가 전혀 없잖아.'

분명 그럴 텐데도, 루크는 자신감에 차 있었다.

심지어 한술 더 떠서 조건을 제시하기까지 했다.

"굳이 3서클 이하로 제한해야 해요?"

"뭐라고?"

"아니, 그냥 혹시 졌을 때를 대비해서 밑밥 까는 것 같아서요."

'저놈이 미쳤구나!'

이 방 안에 있는 모두가 똑같은 생각을 했다.

그러나 루크는 폭주를 멈추지 않았다.

"마음 같아서는 그 같잖은 원도 치워 버리고 싶은데, 솔직히 그것까지 없으면 이길 자신은 없네요."

"하하하하하하."

황탑주는 숨이 넘어갈 것처럼 웃었다.

"그럼 마법 제한 없는 나를 원 밖으로 밀어내겠다고?"

"네."

"네가 진짜 미쳤구나."

"못 미더우시면 내기 하나 하시죠."

"내기?"

루크는 자신의 제안에 흥미를 가지는 크라이스를 보고 웃었다.

"제가 성공하면 제 부탁을 들어주시는 거예요. 아, 물론 들어주실 수 있을 만한 것들로 추려 왔어요."

"하하하, 좋아. 그 대신……."

크라이스의 목소리가 차갑게 내려앉았다.

"실패하면 너뿐만 아니라 저놈들까지 전부 내 실험체로 써 버릴 거야. 내 실험체는 결코 편하게 죽지 못한다는 건 알고 있지?"

졸지에 목숨이 내기에 걸린 테오 일행이 눈을 동그랗게 떴다.

"물론이죠. 마음대로 하세요."

"어, 어? 그런 건 우리랑 이야기해 보고……."

"걱정하지 마."

루크는 여유가 넘치는 목소리로 말했다.

"내가 이겨."

크라이스는 루크에게 계속해서 눈이 갔다.

'실력 차를 모르지 않을 텐데.'

원래 실력이 없는 자들이 상대와의 실력 차도 모르고 덤비는 경우가 많다.

그러나 자신이 본 루크는 결코 제 주제를 모를 녀석이 아니었다.

분명 이 내기의 결과가 어떻게 될지도 알고 있을 것이다.

그럼에도 이 대결을 받아들이다니.

자신이 루크를 잘못 봤거나, 혹은 이 당연한 결과를 뒤집을 만한 무엇인가가 있다거나, 둘 중 하나겠지.

'점점 더 재미있어지네.'

자신이 무언가에 이토록 흥미를 느꼈던 것이 얼마 만이던가. 루크와 같은 이름을 가진 슈넬덴의 그 녀석이 마지막이었으니, 200년도 더 된 일이었다.

마치 멈춰 있던 시간이 다시 흐르는 것 같은 느낌.

그 녀석이 죽고서 다시는 못 느낄 줄 알았다.

'하지만 아직 속단하기는 이르다.'

아직은 루크가 정말 그 녀석과 어깨를 나란히 할 수 있는지 확신할 수 없었다.

이 대결은 바로 그걸 검증하기 위한 절차였다.

만약 저 녀석이 이번 대결에서 이긴다면?

그땐 정말로 루크를 인정해 줄 수 있으리라.

물론 '이곳'에서 루크가 자신을 이길 확률은 거의 없긴 하겠지만.

"준비는 됐어?"

"준비는 여기 들어올 때부터 마쳤죠. 나름 기사도를 지켜서 기습하지 않은 줄 알아요."

"실력도 없으면서 알량한 자존심을 내세우는 꼴하고는."

크라이스가 스태프를 쥔 손을 축 늘어뜨렸다.

루크는 꼿꼿이 선 채 거리 조절 따위는 전혀 신경 쓰지 않는 것 같았다.

기사와 마법사의 대결.

일반적으로는 마법사가 필사적으로 거리를 벌리려 하겠지만, 크라이스에게는 그 일반적인 경우가 통하지 않았다.

"후."

루크가 심호흡을 하며 자세를 잡았다.

그 상태로 시간이 조금 흘렀다.

겉으로는 아무것도 하지 않는 것처럼 보였지만, 그는 감각을 최대로 끌어올려 크라이스의 빈틈을 찾고 있는 것이다.

다만 이렇다 할 틈이 들어오지 않고 있을 뿐.

저쪽에서 일부러 몇 군데를 열어 주긴 했지만, 그런 것에 넘어갈 만큼 풋내기는 아니었다.

"싸울 생각이 없어? 그렇다면 내가 먼저 나서지."

쿵.

쐐애애애애액.

그녀가 스태프를 내리찍자, 빛무리가 루크를 향해 덮쳐들었다.

자세히 보면 하나하나가 날카롭게 벼려진 바위의 창들이었다.

워낙 빠르다 보니 빛무리처럼 보이는 것이다.

카가가각.

루크의 벨무스가 번쩍이더니 빛무리를 막아 냈다.

주륵.

그러나 그중 몇 개가 빠져 나가 뺨을 스치고 지나갔다.

턱 선을 따라 붉은 피가 떨어져 내렸다.

"칫, 저 말도 안 되는 공격은 여전하네."

루크가 소매로 뺨을 훔쳤다.

"시간 끌어 봐야 좋을 게 없겠어."

루크가 바닥을 박차고 달려 나가 하얗게 빛나는 검을 그대로 크라이스의 목을 향해 박아 넣었다.

쿠구구구.

콰앙!

크라이스의 앞에 솟아오른 바위벽 때문에 검은 더는 뻗어나가지 못했다.

"꽤나 빠르네."

루크는 그 말에 대답하지 않은 채, 바로 백아검의 두 번째 초식을 이어 갔다.

벌어진 틈을 향해 검을 질러 넣었지만, 이번 공격 역시 바위의 방해를 받았다.

콰아아앙!

콰앙.

그 이후로 몇 번 더 검을 휘둘렀다.

하나하나가 인식조차 하기 힘든 만큼 빠른 공격.

그러나 그중 단 하나도 크라이스의 옷깃조차 스치지 못했다. 어쩌다가 공격에 성공했다 싶으면 어느 순간 바위벽이 살아 있는 듯 움직여 검을 막아 낸 것이다.

주문을 영창하지도 않고 이렇게 빠른 속도로 바위벽을 만들어 내다니. 심지어 마지막 공격은 아예 그녀의 시야에서 벗어난 공격이었음에도 정확한 위치에 벽이 나타났다.

아무리 상대가 탑주라고 해도, 이건 일반적인 마법사의 범주를 아득히 넘어서는 모습이었다.

"고작 이 정도로 그렇게 건방을 떨었던 거야?"

그런 말도 안 되는 마법을 선보이고도 크라이스의 목소리에선 여전히 여유가 넘쳐흘렀다.

"슈넬덴의 검은 예전에 비해 한참이나 퇴보했구나."

그와 함께 루크의 발밑에 거대한 구멍이 생겼다.

바닥이 전혀 보이지 않는 구멍이었다.

아마 루크가 조금만 몸을 늦게 뺐더라면, 저 밑으로 사라졌으리라.

"꼴이 꼭 쥐새끼 같네."

크라이스는 아예 대놓고 조롱까지 해 왔다.

하지만 루크는 뭐라 대답할 수 없었다.

아무리 자신이 예전의 기억을 가지고 있다고 하더라도, 상대는 서부에서도 손꼽히는 실력자인 황탑주.

사실 크라이스가 진심으로 나섰다면 조금 전 자신을 끝장

낼 수도 있었을 것이다.

정말 실전이었다면 그냥 구덩이를 파는 게 아니라 거대한 운석이 떨어졌을 테니까.

아마 그녀는 온갖 수를 다 써 본 끝에 패배를 인정하는 루크의 모습을 보려 할 것이다.

그런 그녀의 악취미는 아주 잘 알고 있었다.

하지만 그렇기에 자신에게도 이길 기회가 있다는 것이다.

'200년 전에도 같은 방법으로 이겼으니까.'

루크의 눈빛이 죽지 않자, 크라이스가 표정을 찌푸렸다.

이쯤이면 좌절할 줄 알았는데, 아직도 의욕이 남은 것 같았기 때문이다.

"마법사 주제에 슈넬덴의 검을 논하니까 기분 나쁘네요."

"그게 기분이 나빴어?"

그녀는 조롱 섞인 목소리로 대답했다.

"하지만 사실이 그런 걸 어떡해? 몰락한 이후 슈넬덴의 검은 돌칼보다도 무뎌진걸."

돌칼보다 무뎌졌다라⋯⋯.

그래, 틀린 말도 아니었다. 과거에 비한다면 슈넬덴의 검은 몽둥이라고 해도 될 정도로 무뎌진 게 사실이니까.

누가 대현자 아니랄까 봐, 아주 팩트만 골라서 말하는구나.

하지만 그녀가 틀린 게 하나 있었다.

"슈넬덴의 검이 무뎌진 게 아니죠."

"그럼 뭐가 무뎌진 거지?"

"검이 무뎌진 게 아니라, 그걸 사용하는 사람이 무뎌진 겁니다."

슈넬덴의 검은 과거에 비해 조금도 무뎌지지 않았다.

다만 그것을 제대로 사용하고 있지 못한 것일 뿐.

"그렇다면 네 검은 다르다는 건가?"

"그렇죠."

"내가 보기엔 전혀 다른 게 없던데."

"당연하죠."

루크의 입가에 미소가 그려졌다.

"아직 제대로 안 보여 줬으니까."

"그러니까 증명해 봐."

"안 그래도 그럴 참이었습니다."

루크는 그렇게 말하고 테오 일행을 보았다.

그들은 여전히 불안한 눈빛으로 이쪽을 보고 있었다.

이번 대결에 자기들 목숨까지 걸렸으니, 두 배는 더 긴장되겠지.

그리고 그 긴장감만큼이나 집중력도 높아져 있을 테고.

"지금부터 눈 똑바로 뜨고 봐. 곧 배워야 할 것들이니까."

그들의 얼굴에 물음표가 떠올랐다.

하지만 루크는 따로 부연 설명을 하지 않고, 곧장 땅을 박차고 달려 나갔다.

그가 전보다 훨씬 빠른 속도로 검을 휘둘렀다.

오른쪽 횡 베기 후, 뒤쪽으로 돌아 후면 찌르기.

그리고 곧바로 어깻죽지를 노리는 사선 베기.

쾅! 콰앙!

검을 휘두를 때마다 바위벽이 부서졌다.

그렇게 바위벽이 깨져 나갈수록 크라이스의 표정에도 금이 갔다. 상대의 공격이 바위벽의 생성 속도보다 조금씩 더앞서가고 있었기 때문이다.

'그럴 리가 없을 텐데?'

적어도 이 공간 내에서 바위벽의 생성 속도는 화살 비도막을 수 있을 만큼 빨랐다. 그런데도 벽이 조금씩 밀린다는건 루크의 공격이 그만큼이나 빠르다는 의미.

'이러다 따라잡히겠어.'

그런 생각이 들 때쯤,

우뚝.

갑자기 루크의 공격이 멈추었다.

그리고 그의 눈이 차분하게 가라앉았다.

그걸 본 테오가 깜짝 놀랐다.

'저 눈은?'

지난번 건곤일척 때, 바트가 보여 줬던 그 눈이었다.

백아검의 최종장을 읊기 직전의 바로 그 눈!

'설마 우리한테 보라고 한 게 백아검이었던 건가?'

그 말에 대답이라도 하듯, 루크가 움직였다.

검광이 갈라 놓은 마나의 균열.

그 속에서 제대로 된 균열을 찾아낸다.

그리고 그 균열을 완벽하게 헤집어 놓는다.

쩌저저저저적.

마나의 흐름이 격변하기 시작했다.

수많은 균열들이 한데 뒤얽혀 늑대의 형상을 만들어 냈다.

바트가 보여 줬던 것보다 훨씬 더 거대하고 깨끗한 늑대의
형상.

저것이야말로 제대로 된 백아검의 모습이었다.

'저거라면 이길 수도 있다.'

테오의 눈에도 희망이 서렸다.

아무리 상대가 황탑주라고 하더라도, 저 무지막지한 걸 정
면으로 맞으면 원 밖으로 밀려 나갈 것이다.

크아아아아아아앙!

늑대가 울부짖으며 크라이스를 향해 달려들었다.

"쯧."

크라이스도 혀를 찼다.

이건 지금껏 쉽게 막아 냈던 공격과는 격이 달랐다.

보통의 경우라면 그냥 피해 버리면 그만이겠지만, 지금은
원 안을 벗어나면 안 되는 상황.

"플레이트 어스."

하는 수 없이 그는 주문을 영창했다. 바위벽보다 몇 배는
더 튼튼한 보호막이 늑대의 앞을 막아섰다.

콰아아아앙-!

보호막과 늑대가 충돌했다. 그 사이에서 눈을 뜨고 있을
수 없을 정도로 강렬한 빛이 쏟아졌다.

둘의 대결은 단순히 검과 마법의 대결을 아득히 넘어서고
있었다.

'누가 이기는 거지?

테오는 눈이 타들어 가는 고통을 참으며 억지로 상황을 지
켜봤다. 혹시나 루크의 백아검이 승리하지 않았을까 하는 희
망을 품고서.

쉬이이익.

"아······."

하지만 빛이 걷히는 순간, 테오의 눈은 절망으로 물들어
갔다.

크라이스는 그 자리에 서 있었다.

그것도 상처 하나 없는 멀쩡한 모습으로.

어떻게 한 발자국도 물러서지 않을 수가 있는가.

루크가 그려 낸 늑대는 바트의 그것보다 훨씬 더 컸는데!

그나마 입은 피해라고 하면 그녀의 로브 깃이 살짝 베인
것이 전부였다.

그걸 본 크라이스는 제법이라는 듯 고개를 끄덕였다.

"백아검이라……. 내 입에서 영창이 나오도록 한 것은 인정할게."

그녀가 옷깃을 여미며 말했다.

"하지만 날 베기에는 여전히 무뎌."

"아직도 착각하고 계시네."

루크가 다시 검을 치켜들었다.

"슈넬덴의 검은 그대로라니까."

"이 상황에서도 고집부리는 거야?"

"고집이라니, 슈넬덴의 검은 하나로 이어진다는 말 들어봤죠?"

크라이스의 동공이 흔들렸다.

　─슈넬덴의 검은 하나로 이어진다니까요. 그러니까 하나의 비전은 그다음 비전으로 가기 위한 단계라고요.

슈넬덴의 그 녀석이 했던 말이 떠올랐기 때문이다.

"설마?"

"맞아요."

루크의 입꼬리가 올라갔다.

"백아검의 최종장은 그 자체로서 끝이 아니라, 그다음으로 나아가기 위한 단계일 뿐."

멈춰 있던 루크의 검이 움직였다.

그의 검을 따라 눈발이 흩날리기 시작했다.

크라이스의 동공이 더욱 빠르게 흔들렸다.

'똑같다.'

그 녀석을 처음 만났을 때도 지금과 똑같은 내기를 했었다.

그때도 지금과 똑같은 공간 속에서 지금과 똑같이 원을 그렸다.

　　-처음부터 늑대가 갈라 놓을 건 당신이 아니었습니다.

"처음부터 늑대가 갈라 놓을 건 당신이 아니었습니다."

과거의 목소리와 현재의 목소리가 겹쳐 들렸다.

그제야 루크가 무엇을 노리고 있는지 깨달았다.

"이미 늦었어요."

쩌저저저적!

아무것도 없던 흰 방에 금이 가기 시작했다.

그러더니 방이 붕괴됐다.

아니, 정확히는 그녀가 이 방 안에 만들어 둔 '공간'이 붕괴하고 있는 것이다.

방 안 곳곳에 배치해 둔 마나 센서와 관측 도구를 이용해, 상대의 어떤 공격에도 즉각 반응하여 시전자를 보호하는 결계술.

그것이 이 공간의 정체였다.

자신도 200년 전 처음 이곳에 들어왔을 때는 꽤 고생했던 기억이 있다.

하지만 이번엔 두 번째 만남인 만큼, 바로 결계의 구조를 꿰뚫어 보았다.

"이제 이런 거추장스러운 결계는 치우자고요."

쨍그랑!

공간이 완전히 무너지자 비로소 이 방의 진짜 모습이 나타났다.

큰 공간에 덩그러니 놓여 있는 책상과 의자 그리고 서재까지…… 이곳은 바로 황탑주의 방이었다.

"어떻게 한 건지는 몰라도 용케 알아차렸네."

"이제 방패도 사라졌겠다, 그렇게 여유 만만할 때가 아닐 텐데요."

타앗!

루크는 주저 없이 크라이스를 향해 내달렸다.

우웅-!

세 개의 코어가 힘차게 공명했다.

그로부터 뿜어져 나온 마나가 벨무스를 감쌌다.

루크는 그 검을 휘둘렀다.

사락.

검로를 따라 눈송이가 흩날렸다.

쿠구구구구.

자신이 구축한 결계가 무너졌다.

크라이스는 눈을 의심했다.

저 어린 소년이 자신의 결계를 간파하고 그걸 깨뜨렸기 때문에?

전혀 아니었다.

물론 그것도 놀랍긴 했지만, 오랜 세월을 살아오며 이 결계를 간파하는 녀석은 간간이 봐 왔다.

그녀를 놀라게 한 건 따로 있었다.

'놀랍도록 그 녀석과 비슷해.'

저 반항기 가득한 눈, 불량한 말투, 그러면서도 눈길이 가는 실력까지, 모든 게 슈넬덴의 최전성기를 이끌었던 루크 슈넬덴, 그 녀석과 판박이였다.

마치 그 녀석 본인이기라도 하다는 듯이.

'그럴 리가 없을 텐데.'

그 녀석은 마룡과의 전투 때 죽었다.

그때는 황탑을 지키고 있던 터라 녀석의 죽음을 직접 확인한 것은 아니었지만, 그 녀석은 200년 동안 모습을 드러내지 않았다.

창조주의 콧수염이라도 뽑을 것 같던 녀석이 조용해졌으니, 죽었다는 말이 맞는 것 같았다.

영생을 사는 동안 유일하게 죽음을 애도했던 녀석.

지금 저 아이에게선 그 녀석의 모습이 겹쳐 보였다.

그 녀석과 비슷해 보일 때는 흥미롭다고 느꼈으나, 이렇게까지 똑같으니 오히려 기분이 나빠졌다.

마치 자신의 추억이 욕보이기라도 한 것처럼.

그 녀석을 닮은 아이가 달려들고 있다.

그 녀석이 흩뿌리던 눈송이와 함께.

설풍검. 분명 저 눈송이는 설풍검의 그것이었다.

어쩌면 지금 자신이 그리움 때문에 환상을 보고 있는 게 아닐까, 그런 생각마저 들었다.

'저건 단순히 흉내를 내고 있는 게 아니다.'

저 많은 눈송이 중 어느 것 하나도 허투루 된 것이 없었다.

흩날리는 눈송이 하나하나에 슈넬덴의 정수가 그대로 녹아들어 있었다.

다만 아직 완전히 여물지는 못했다.

모양새는 영락없는 그 녀석의 검이었지만, 그 안에 담겨 있는 마나는 그 녀석의 것보다 훨씬 약했으니까.

"그깟 결계 좀 없다고 너한테 지기야 할까?"

쿵.

그녀가 스태프를 내리찍었다.

"래피디스 블룸."

루크의 주변에서 바위의 꽃이 여러 송이 피어났다.

그걸 본 루크도 인상을 굳혔다.

저건 황탑주의 주력 기술 중 하나였기 때문이다.

겉보기에는 평범해 보이는 바위 꽃.

그러나 곧 저 꽃은 끔찍한 모습으로 변할 것이다.

이성적인 판단으로는 이 바위 꽃 사이를 빠져 나오는 것이 백번 옳았다.

'하지만 여기서 멈추면 안 돼.'

지금이 황탑주에게 이기기 위한 유일한 틈이었다.

만약 이걸 놓친다면 아마 다음은 없으리라.

여기서 모든 힘을 다 쏟아 내야 했다.

타앗!

그렇기에 루크는 앞으로 달려 나갔다.

"제 발로 죽음의 문에 들어오는구나."

콰아아아아앙!

바위 꽃이 폭발하며 꽃의 파편들이 쏟아져 온다.

저것들은 단순한 파편이 아니었다.

각자가 별도의 핵을 가지고 있어, 몸에 박히게 되면 안쪽에서 한 번 더 폭발할 것이다.

그다음 상태는 굳이 말하지 않아도 알 수 있으리라.

그러니까 저 많은 파편 중 단 하나라도 몸에 박혀서는 안 됐다.

단 하나라도!

채재재재쟁.

루크는 필사적으로 눈송이를 흩뿌리며 파편을 막아 냈다.

그때마다 파편이 폭발하는 탓에 손목이 시큰거렸다.

그러나 지금은 손목이 부러지는 한이 있더라도, 안쪽으로 더 파고들어야 했다.

그래야만 그녀의 시선을 잡아 둘 수 있을 테니까.

"제법이네."

크라이스가 파편 속을 뚫고 나온 루크를 향해 손을 휘둘렀다.

"랜드 타이드."

쿠구구구구.

이번엔 바닥이 뒤집히더니 거대한 기둥이 루크를 향해 솟아났다.

어찌나 빽빽한지 그 어디로도 빠져 나갈 틈이 보이지 않았다.

더욱 까다로운 건 기둥에 부딪힌 바위 꽃들이 저들끼리 폭발한다는 것이었다.

기둥과 바위 꽃의 연쇄적인 폭발.

그야말로 파편의 폭풍이 루크에게 몰아쳤다.

'할망구가 아주 주력 마법들을 다 쓰는구나.'

어째 전에 싸울 때보다 더 과한 마법들을 쓰는 것 같았다.

혹시 자신이 그녀의 기분을 잘못 건드린 게 있는 걸까?

아니면 못 보던 사이에 사람이 더 독해진 것일까?

하지만 이대로 바위에 치여 죽을 수는 없었다.

우우웅-!

코어가 더 빠르게 공명했다.

잠깐이나마 회로에 마나가 가득 찬 기분이 들었다.

언제 거품이 꺼질지는 모르겠지만, 이 상태가 유지되는 동안 최대한 이용해야 했다.

"이얏!"

루크는 빽빽한 기둥 사이에서 어떻게든 틈을 찾아내 몸을 비집고 들었다.

몇몇 피하지 못하는 것은 어쩔 수 없었다.

콰아앙!

그냥 몸으로 버텨 내는 수밖에.

기둥의 파편이 여기저기로 튀면서 상처가 터져 나왔지만, 그래도 괜찮았다.

마침내 파편의 폭풍을 돌파해 낸 루크의 시야에, 크라이스의 모습이 들어왔으니까.

그녀도 꽤 당황한 모양이었다.

설마 저 생지옥을 다 뚫고 나올 줄은 몰랐겠지.

루크가 검을 휘두르자 그녀의 눈앞이 백색으로 물들어 갔다.

벨무스의 검로를 따라 눈보라가 들이닥친 것이다.

쏴아아아아아-!

몰살의 싸락눈.

그녀도 그 기술을 알고 있었다.

슈넬덴의 비전이 모두 유실되며 다시는 못 볼 줄 알았는데, 그 검을 다시 보니 가슴이 쿵 내려앉는 기분이었다.

이미 눈보라가 코앞까지 들이닥친 상황.

피할 수는 없으니 어떻게든 막아 내야만 했다.

저 검을 막아 내기 위해선 보통의 방어 마법으로는 턱없이 부족할 것이다.

"프로테고 래피디스!"

크라이스의 앞에 노란빛의 반투명한 벽이 생겨났다.

설령 마룡의 일격이라 해도 한 번은 막아 낼 수 있을 만큼 견고한 방벽.

진짜 그 녀석의 검이라면 뚫어 낼 수 있을지도 모르지만, 지금 루크의 검으로는 어림도 없을 것이다.

그건 루크도 알고 있을 터인데…….

그는 주저 없이 벽을 향해 검을 휘둘렀다.

우웅!

루크의 코어가 공명하며 눈보라가 더욱 거세졌다.

눈보라가 방벽을 향해 들이닥쳤다.

카가가각!

수천 개의 눈송이가 방벽을 깎아 나가기 시작했다.

그 가공할 기세에 크라이스의 입술이 바짝 말라갔다.

"흐아아아압!"

루크가 기합을 내지르며 검을 더욱 깊숙이 밀어 넣었다.

크라이스도 그에 맞춰 방벽에 마나를 더 주입했다.

카드드드득.

어느새 두꺼웠던 방벽은 종잇장 정도로 줄어들었다.

마룡의 일격마저 막아 낼 수 있다던 방벽이 무너지려는 순간이었다.

'정말로 깨지는 건가?'

그때를 대비해 그녀가 다음 수를 생각하던 때였다.

쉬우우-!

그보다 앞서 루크의 눈보라가 먼저 그치고 말았다.

한 끗이 모자라 방벽을 뚫어 내지는 못한 것이다.

'후, 그럼 그렇지.'

크라이스도 그제야 긴장을 풀었다.

"설산을 오를 때 사람들이 자주 하는 말이 있죠."

루크의 입에서 영문을 알 수 없는 말이 나온 것은 바로 그때였다.

"눈보라가 그쳐도 안심하지 말라."

루크의 입가에 미소가 감돌았다.

"곧이어 그보다 더 거센 눈폭풍이 몰아칠 테니."

"그게 무슨……?"

팟!

방벽 앞에 있던 루크의 모습이 순식간에 사라졌다.

미처 그 속도를 따라가지 못한 잔상만을 남겨 놓고서.

사람이 혼신의 일격을 날려 놓고 저렇게 빨리 움직일 수는 없었다.

그렇다는 말은 이미 공격하기 전부터 이렇게 움직일 준비를 하고 있었다는 의미.

'내가 여기 있는데 어디로 가겠다는 거지?'

크라이스의 시선이 그를 좇았다.

루크가 나타난 곳은 그녀의 뒤쪽, 정확히는 그녀의 책상이 있는 곳이었다.

겉보기엔 평범해 보이는 책상이었다.

"설마?"

그러나 그걸 본 크라이스는 눈을 부릅떴다.

마치 자신의 약점을 들키기라도 한 사람처럼.

"지금까지 준비한 모든 게 바로 이걸 위함이었죠."

루크가 양손으로 힘껏 검을 쥐었다.

벨무스를 따라 또다시 눈송이가 피어올랐다.

눈보라가 힘을 다해 사그라든 게 아니었다.

그녀의 눈을 속이기 위해 잠시 멈춘 척했던 것일 뿐.

"안 돼!"

크라이스가 다급하게 책상에 보호 마법을 걸었다.

하지만 루크의 검은 급조한 보호 마법쯤은 종잇장처럼 찢어발겼다.

순식간에 무방비가 된 책상.

콰악.

루크는 책상을 향해 강하게 검을 내리찍었다.

카앙-!

나무가 쪼개지더니, 그 아래에서 웬 금속음이 들려왔다.

"빙고."

루크가 다시 검을 뽑아 들자, 강철로 된 작은 상자가 함께 끌려 나왔다.

겉보기엔 그저 작은 금고같이 생긴 상자.

하지만 그걸 본 크라이스의 얼굴은 사색이 되었다.

여태껏 봤던 표정 중 가장 당황한 것 같았다.

반면 루크의 얼굴에선 승자의 미소가 떠올랐다.

"이게 뭔지 잘 알고 있겠죠?"

루크는 검을 상자에 겨눈 채 말했다.

"너, 그걸 어떻게 알았어?"

"글쎄요."

"좋은 말로 할 때 말해."

"어? 지금 그런 태도로 나오면 안 될 텐데요?"

버릇이라고는 눈을 씻고 봐도 없는 말투였으나, 지금 그녀의 눈에는 그런 게 들어오지 않았다.

그녀는 마치 제 간을 내놓기라도 한 것처럼 안절부절못했다.

"이, 일단 그건 내려놓고 이야기하자고."

그 모습을 지켜보던 테오 일행은 상황을 전혀 이해하지 못했다.

대체 저 상자에 뭐가 들었는데, 지금껏 여유 만만하던 황
탑주가 저토록 당황하는 것일까.

뭔지는 몰라도 일단 저 물건이 황탑주에게 가장 중요하다
는 것만은 알 것 같았다.

그리고 하필 그 중요한 물건이 루크의 손에 들어갔다는
것도.

"대체 저게 뭘까요?"

"그건 모르겠지만, 일단 상황이 역전된 것 같은데?"

"그러게요. 하필 걸려도 이 공자님 같은 분한테 걸려서
는⋯⋯."

테오 일행은 적임에도 불구하고, 진심으로 황탑주를 애도
했다.

지금 저 모습을 보라. 루크는 당장이라도 상자에 검을 찔
러 넣을 것처럼 협박하고 있었다.

그리고 황탑주는 그걸 보며 쩔쩔매고 있었고.

이건 누가 보더라도 루크 쪽이 악역이고 황탑주가 피해자
처럼 보일 것이다.

"맨입으로요?"

"그럼?"

루크는 그녀의 발밑에 그려진 원을 가리켰다.

"거기서 걸어 나오면 내려놓을게요."

"아, 알겠어. 알겠다고."

크라이스는 순순히 수긍하는 것처럼 보였다.

그러나 루크의 눈에는 보였다.

그녀가 뒤쪽으로 숨긴 손이 꿈틀거리고 있는 것을.

"동작 그만."

"응?"

"몰래 마법이라도 쓰려고요?"

"무, 무슨 소리야?"

"에이, 누굴 빙다리 핫바지로 보시나……."

"난 진짜 아무것도……."

"장난을 쳤으니 책임은 져야겠죠?"

루크는 그녀의 말이 채 끝나기도 전에 상자에 검을 찔러 넣었다.

푸콱!

벨무스가 상자를 뚫고 그 안에 닿았다.

"끼야아아아아아악!"

그러자 크라이스의 입에서 귀곡성 같은 비명이 터져 나왔다. 저토록 아름다운 여인의 입에서 나는 거라고는 절대 생각할 수 없을 만큼 소름 돋는 소리였다.

"그마아아아아아안!"

"멈추는 방법은 이미 말했을 텐데요. 그 원에서 나오라고."

"이러고도 네가 무사할 것 같아?"

"나보다 먼저 무사하지 못할 쪽이 누군지는 알아서 판단하세요."

루크가 검을 조금 더 찔러 넣었다.

"끼야아아아아악!"

크라이스는 아예 바닥에 주저앉아 비명을 질렀다.

"여기서 더 찌르면 진짜 핵에 닿는 거 알죠?"

"끄으으으윽······!"

"진짜 마지막 경고입니다. 지금 안 나오면 생명의 핵을 터뜨릴 거예요."

"후우."

결국 황탑주가 고개를 떨구고 한숨을 크게 내쉬었다.

"이런 무례한 짓까지도 그 녀석이랑 똑같네."

그녀가 비틀거리며 몸을 일으켰다.

"그래, 알겠어. 내가 졌다."

커다란 늑대가 달려들어도, 날카로운 눈보라가 들이닥쳐도 한 발자국도 움직이지 않았던 크라이스.

그랬던 그녀가 스스로 원 밖으로 걸어 나왔다.

그것도 커다랗게 웃으면서.

황색 마탑의 초대 탑주는 자신이 세운 마탑을 자랑스럽게 여겼다.

황탑이 영원히 자신이 만들었던 때의 모습대로 남아 있길
바랐다.

그렇기에 그는 영원히 탑을 지킬 수 있는 존재를 만들었다.

크라이스 폰 드네슈.

그가 직접 만든 호문쿨루스에게 붙여 준 이름이었다.

그 후로 크라이스는 20명이 넘는 탑주의 모습으로 황탑을
지켜왔다.

그러나 1천 년이 넘는 세월 속에서 그녀는 점점 지쳐 갔다.

황탑은 언제나 그 자리에 그대로 있었고, 이곳을 찾는 인
간들도 늘 그렇듯 똑같았으니까.

그렇다고 어딘가로 훌쩍 떠날 수도 없었다.

자신은 초대 탑주의 의지에 속박되어 있었기 때문이다.

기껏 할 수 있는 일탈이라고는 골목에서 도박을 하는 것이
전부였다.

그렇게 어떠한 의미도 감정도 없이 시간만 흘러 가던 삶.

그 삶에 지쳐 스스로 생명의 핵을 부술까도 싶었던 그때,
'그 녀석'이 나타났다.

　 ─저는 풀 하우스입니다. 와우. 이게 다 얼마야! 이 돈은
　제가 잘 쓰겠습니다.

자신의 술수를 아무렇지 않게 파훼해 버리고, 심지어 대놓고 카드를 바꿔치기해 가며 돈을 쓸어 담던 그 녀석이.

오랜 세월 고요했던 호수에 작은 파문이 인 것이다.

　-한 판 더 해, 제대로.

생전 처음으로 남에게 그런 말을 해 봤다.

그러고 나서도 졌다.

다음에도, 그리고 그다음에도.

최선을 다했는데 전부 패배했다.

　-어휴, 이러다 집문서까지 팔겠어요. 이건 마차비 하시고……. 저는 이만 가 보겠습니다.

그 녀석이 떠난 후에도 크라이스는 한동안 자리에서 일어나지 못했다.

상대는 고작해야 20대 정도로밖에 안 보이는 애송이인데 어째서 자신이 진 것일까?

그녀는 처음으로 호기심이라는 감정을 가지게 되었다.

창조되었을 때부터 전수받은 탑주의 지식 속에도 저런 유형의 인간은 없었기 때문이다.

-저 녀석, 당장 내 앞에 데려와.

　왜 그렇게 말했는지는 알 수 없었다.

　그냥 그 녀석이 다른 인간들처럼 자신에게 쩔쩔매는 모습을 보고 싶었던 것 같다.

　자신의 정체를 드러내고 협박한다면, 녀석도 똑같은 반응을 보일 거라 생각했다.

　그러나 그건 자신의 착각이었다.

　-그냥 이거 한번 부숴 봐요?

　-이, 일단 그거 내려 놓고 말해.

　-먼저 선빵 쳐 놓고 인제 와서 그만하자고? 그건 이치에 안 맞죠.

　-끼야아아아악!

　어떻게 안 건지 몰라도, 녀석은 생명의 핵을 찾아냈다.

　그뿐일까?

　아예 그걸 들고 협박을 해 왔다.

　-슈넬텐에 제작 기술 협조한다고 약속하면 돌려드릴게요.

　-…….

　-싫어요? 싫으면 대가를 받아야지!

─꺄아아아아악! 알았어, 알았다고! 할게, 협력!

그렇게 그 녀석의 반강제적인 협박 때문에 황탑은 슈넬덴
에 협력하기 시작한 것이다.

자신에게도 처음으로 종잡을 수 없는 인간, 그래서 흥미로
운 인간이 나타난 것이고.

그건 아마 그녀의 인생에 있어 가장 강렬했던 기억이었다.

'그런 충격은 처음이자 마지막일 거라 생각했는데.'

그런데 200년이 지나 그 녀석의 후손이 똑같은 짓을 하고
있었다.

이걸 보고 어떻게 웃음이 나오지 않을 수 있겠는가.

"그래, 알겠어. 내가 졌다."

크라이스는 스스로 원 밖으로 나왔다.

그걸 본 루크가 흐뭇하게 웃었다.

"그럼 이걸로 제 승리네요."

"치사한 놈."

"무슨 수를 써도 된다면서요."

"그래, 인정할게."

크라이스가 헝클어진 머리를 쓸어 넘기며 말했다.

후두둑.

그와 동시에 비단 같던 은발이 바닥에 우수수 떨어졌다.

그뿐만 아니라 백옥 같던 피부에도 군데군데 금이 갔다.

"꼴이 말이 아니네. 숙녀를 이렇게 만들어도 되는 거야?"

"숙녀는 무슨. 1천 살도 넘은 할머니가 할 말은 아니죠. 그리고 어차피 재료만 있으면 복구되잖아요."

"하, 도대체 어떻게 안 거야?"

루크가 처음부터 생명의 핵을 노린 걸 보면, 그건 자신이 호문쿨루스라는 걸 알고 있었다는 의미였다.

그 사실을 아는 이는 아무도 없을 텐데.

"우연히 선조가 남긴 글을 봤거든요."

"선조가 남긴 글이라고? 설마 루크 그놈이?"

"……그렇죠?"

루크는 시치미를 뗐다.

여기서 그녀에게 모든 진실을 말해 줄 수는 없었다.

아무리 과거 그녀가 자신과 우호적인 관계를 가졌다고 해도 말이다.

그 누구라도 100% 믿으면 안 된다는 건, 자신의 첫 번째 죽음 때 절절히 느꼈던 것이니까.

"그 녀석은 죽어서도 날 귀찮게 하네."

"어쨌든 내가 이겼으니까 약속은 지키세요."

"걱정하지 마. 이런 걸로 사기 칠 생각은 없으니까."

그 말을 듣고서야 루크는 안심이 되었다.

이것으로 그녀의 인정을 받아내는 데는 성공했다.

자신이 아는 크라이스라면, 적어도 이런 상황에서 해코지하진 않을 것이다.

'일단 1차 목표는 달성했……. 윽.'

루크의 몸이 휘청거렸다.

긴장이 풀리고 나니, 슬슬 몸을 무리한 대가가 찾아오는 것이다.

크라이스에게도 그 모습이 보였던 모양이다.

"네가 건 조건은 일단 몸부터 회복하고 나서 들어야겠네."

"저 녀석들도 부탁할게요."

루크는 테오 일행을 가리키며 말했다.

"알았으니까 쉬어."

털썩.

크라이스가 고개를 끄덕이는 걸 확인하자마자, 그는 그대로 의식을 잃었다.

"끄응."

루크가 눈을 떴다.

또다시 텅 비어 버린 마나 코어가 비명을 질러 댔다.

'다시는 이렇게 쓰러지기 싫었는데.'

어쩔 수 없었다. 황탑주의 눈길을 붙잡아 두기 위해서는 가지고 있는 마나를 모두 쏟아부어도 부족했으니까.

무엇보다 루크 본인이 제일 답답했다.

고작 두 번째 눈송이를 최대로 피웠기로서니, 몸이 이 지경이 되다니.

정신은 200년 전 루크 그대로였지만, 아직 몸이 그만큼 따라와 주질 않으니 답답해 죽을 것 같았다.

그렇다고 여기서 무리할 수는 없었다.

아니, 해서는 안 됐다.

잠깐의 성장을 위해 아무 마나나 막 받아들였다가는 지금까지 한 고생까지도 전부 물거품이 될 테니까.

'그래, 천천히 하자. 천천히. 길게 보고.'

루크는 심호흡을 하며 주변을 둘러보았다.

이곳은 황탑의 병실인 것 같았다.

인테리어는 예전과 거의 달라지지 않았다.

그나마 안에 있는 장비들이 조금 달라졌을 뿐.

'초대 탑주가 황탑을 그대로 유지하라고 했다더니, 이렇게까지 곧이곧대로 들어먹네.'

끼익.

루크가 크라이스를 생각하며 혀를 차고 있을 때, 병실 문이 열렸다.

테오와 브리데커, 엘린은 깜짝 놀라며 루크에게 다가왔다.

"몸은 좀 괜찮아?"

"어디 불편한 데는 없으십니까?"

"물이라도 좀 드릴까요?"

그들의 얼굴은 하나같이 수척해 보였다.

아마도 이곳에서 자신을 계속 간호하고 있었던 거겠지.

"난 괜찮으니까 호들갑 떨지 마. 그냥 마나를 전부 꺼내 써서 그런 거야."

"그러게, 미쳤다고 여기까지 우리를 구하러 오냐?"

테오가 버럭 화를 냈다.

"황탑주한테 납치된 걸 알았으면 가문에 도움을 청하거나 할 것이지……."

"그래서 뭐, 싫다는 거야?"

"아니, 그럴 리가 있겠냐!"

그러더니 테오가 갑자기 고개를 팍 숙였다.

이어서 브리데커와 엘린도 똑같이 고개를 숙였다.

"진짜 고맙다."

"감사합니다."

그것은 진심이 가득 담긴 인사였다.

괜히 머쓱해진 루크의 눈이 이리저리 굴러다녔다.

"어차피 나로 착각해서 너희를 데려간 거니까 내 책임도 있지."

"아니, 우리가 더 강했으면 그놈에게 납치당할 일도 없었을 거 아니야."

테오는 주먹에 힘을 꽉 쥐었다.

지난번 루크가 오크왕과 겨뤘을 때도 똑같은 다짐을 했건만, 아직도 자신은 루크에게 조금도 도움이 되지 않았다.

아니, 도움은커녕 여전히 짐만 되는 것 같았다.

"진정해."

"응?"

"아무리 강해져도 황탑의 프라임급 마법사를 어떻게 이기겠어?"

"넌 황탑주도 이겼잖아."

"나랑 형이랑 같아?"

"……."

차마 할 말이 없었다.

루크는 그런 테오의 손을 툭 쳐 줬다.

"그리고 조만간 크게 성장할 기회가 있을 테니까 조급해하지 마."

"그게 무슨 소리야?"

루크는 엄지로 자기 자신을 가리켰다.

헛기침까지 하는 모습을 보니, 뭔가 자랑을 하고 싶은 것 같았다.

"내가 이렇게 고생한 게 의뢰 때문만이겠어?"

"그럼 또 있어?"

"때가 되면 알려 줄게. 일단 협상부터 해 봐야 하니까."

루크가 몸을 일으켰다.

몸 이곳저곳이 쑤셔오자 저절로 인상이 찌푸려졌다.

그걸 본 테오 일행은 식겁했다.

"어딜 가려고?"

"말 나온 김에 황탑주랑 협상 좀 하고 오려고."

"무리하지 말고 좀 쉬다가 가지."

"고난은 될 수 있으면 미루고 보상은 될 수 있는 대로 당기라는 말 못 들어 봤어?"

루크는 손을 휙휙 저으며 병실을 나갔다.

테오 일행은 차마 그를 말릴 수가 없었다.

그의 눈동자는 이미 보상에 대한 생각으로 반짝이고 있었기 때문이다.

❦

루크는 테오 일행을 병실에 두고 크라이스의 방으로 왔다.

어제 난장판을 벌였던 방은 어느새 원래대로 돌아와 있었다.

'역시 마법이 편하기 편하다니까. 이참에 마법이나 배워 봐?'

루크는 이내 고개를 저었다.

아직 검도조차 끝까지 걷지 못한 놈이 무슨 마법까지 넘본다고.

'욕심이다, 욕심. 검에나 집중하자.'

한편 크라이스는 혼자서 고개를 획획 젓고 있는 루크를 가만히 바라보고 있었다.

'역시 이상한 녀석이 맞다니까.'

어쩌면 그 녀석보다도 더 이상한 것 같기도 했다.

그럴수록 더 흥미가 당겼다.

"일단 조건부터 말해 봐. 나한테 뭘 부탁할 건데?"

"부탁이요? 아, 그렇지."

루크는 품에서 상자 하나를 꺼냈다.

상자 안에는 흑요석이 들어 있었다.

"이 돌에 대한 조사를 좀 부탁하려고요."

"응?"

크라이스가 천천히 흑요석을 살폈다.

그녀의 고운 미간에 주름이 생겼다.

"이거, 어디서 났어?"

"그냥 주웠어요."

"장난치지 마."

"흠, 훔쳤어요."

"……."

마침내 크라이스가 고개를 절레절레 저었다. 아무리 무감각한 그녀라도 루크의 대화는 따라가기가 힘들었다.

"진짜예요. 어떤 단체에서 만든 건데 제가 슬쩍했죠."

루크도 머쓱했는지 머리를 긁적이며 말했다.

"그래서, 뭐 좀 보이는 게 있어요?"

"아니."

그녀는 흑요석을 집어 들더니 이쪽저쪽 살펴보았다.

"나도 이런 건 처음 보는데."

"탑주님도 처음 봐요?"

크라이스는 태어날 때부터 초대 황탑주의 지식을 고스란히 받은 채로 태어났다.

게다가 1천 년이 넘는 세월 동안 쌓아 온 추가적인 지식도 있었다.

그런 그녀가 모른다면 아마 대륙의 그 누구도 흑요석에 대해 알지 못하리라.

'아, 이러면 나가리인데…….'

루크가 실망하고 있을 때였다.

다행히 크라이스가 희망적인 대답을 해 주었다.

"겉보기에만 그렇다는 것뿐이야. 장비를 사용해서 정밀 연구를 해 보면 다를 수도 있어."

"아, 그런가요?"

"그리고 정말 처음 보는 거라도 비슷한 특성을 가지는 것과 비교해 볼 수도 있고."

"역시 황탑으로 가져오길 잘했네요."

루크의 표정도 밝아졌다.

"그럼 이건 바로 연구실로 가져갈게."

"네."

크라이스가 흑요석이 든 상자를 집어 들려 했다.

하지만 루크의 말이 한발 더 빨랐다.

"그리고 또……."

"그리고 또? '그리고 또'라니?"

"부탁이 하나라고는 말 안 했잖아요?"

크라이스는 아예 질린 표정으로 루크를 쳐다봤다.

그러나 루크는 당당했다.

"아니, 내가 내기 이기려고 얼마나 고생했는데, 이참에 다 받아 가야죠."

"그건 알겠는데…… 보통 그런 걸 그렇게 당당하게 말하지는 않지 않나?"

"에이, 우리 사이에 뭘 그런 걸 따져요."

"우린 어제 처음 만난 사인데?"

"뭐, 그건 그렇다 치고. 마나 홀 좀 쓰게 해 주세요."

"……."

크라이스는 확신했다.

이놈은 과거의 그 녀석보다 더 후안무치한 놈이라고.

Chapter 4

르세임은 황색 마탑이 위치한 덕에 자연스럽게 번성한 도시이다.

다시 말해 마탑이 없었을 때는 도시도 없었다는 뜻이다.

그렇다면 어째서 초대 탑주는 당시 척박했을 이곳에 황색 마탑을 세운 것일까?

바로 이곳이 마나가 풍부한 지역이었기 때문이다.

마치 낮은 곳으로 물이 모여 웅덩이를 이루듯, 르세임도 주변의 마나가 모여드는 곳이었다.

그중에서도 특히 마나가 가장 많이 모여 있는 곳, 그곳을 마나홀이라고 불렀다.

마나가 다른 곳에 비해 풍부하다는 것.

이게 의미하는 바가 무엇이겠는가.

'여기서 마나 연공을 하면 효율이 장난 아니라는 거지.'

그냥 장난이 아닌 정도가 아니라, 엘릭서를 먹은 것 이상의 효과를 기대할 수도 있을 정도였다.

그렇지 않아도 루크는 마나량 부족에 허덕이고 있었다.

그런 그가 이 좋은 기회를 그냥 지나칠 리가 없지 않은가.

"마나홀에서 수련이라도 하려고?"

"흑요석 연구하는 동안 거기서 연공 좀 하려고 했죠."

"그게 무슨 의미인 줄 알고 있겠지?"

"물론이죠."

마법사는 마나를 섬기는 이들.

그런 그들이 모여 있는 마탑에서 가장 신성시 여겨지는 곳은 당연히 마나홀이다.

그렇기에 마나홀은 프라임급 이상의 마법사들이나 방문할 수 있는 곳이었다.

그런 신성한 곳에 외부인을, 그것도 기사를 들여보내 달라니.

이건 당장 목을 쳐도 할 말이 없는 요구였다.

"그러니까 탑주님 찬스 좀 쓰겠다는 거죠."

"하……."

크라이스는 어이가 없었는지 이마에 손을 가져다 댔다.

도박판에서 수백 년간 굴러 봤기 때문에 이 상황을 단번에 판단할 수 있었다.

지금 이 판에서 호구를 잡힌 쪽은 바로 자신이라는 것을.

'저놈에게 완전 말렸어.'

그럼에도 그녀의 표정이 그렇게 나쁘진 않았다.

이렇게 누군가에게 말리는 것 또한 오랜만이었으니까.

"휴, 알겠어. 내가 사용하는 시간을 내줄게."

"감사합니다."

루크가 넙죽 고개를 숙였다.

흑요석의 연구와 마나홀 이용.

황탑을 올 때부터 목표했던 건 모두 얻어 냈다.

물론 여기까지는 충분히 얻어 낼 수 있을 거라 생각했다.

'문제는 그다음이지.'

아직 한 가지가 더 남긴 했다.

이건 크라이스가 받아들일지, 선뜻 예상하기가 어려웠다.

"그리고 또……."

"또? 적당히 해."

그녀의 고개가 옆으로 돌아갔다.

"아무리 호구 잡았다고 해도 그렇지, 여기서 더 빼먹겠다고?"

"아니요, 이번에는 제안을 드리고 싶은 겁니다."

"제안?"

"네, 제안요."

"흐음, 말해 봐."

"혹시 슈넬덴에 투자하실 생각은 없으세요?"

"우리가 왜?"

역시나 크라이스의 표정이 찌푸려졌다.

"최근 슈넬덴이 조금 부활했다는 소식은 들었어. 그래서 상인도 여럿 붙었다지? 그래도 그건 어디까지나 조금의 수익에라도 눈이 돌아가는 상인들의 기준일 뿐, 우리가 직접 투자할 정도까지는 아니지."

그녀의 말이 맞았다.

상인들이야 원래 조금이라도 이득이 나면 거래를 했다가, 또 언제든지 손절할 수도 있는 족속들이다.

그러나 황탑의 투자는 나타내는 의미가 달랐다.

그건 자칫 황탑과 슈넬덴이 동맹을 맺는 모양새로 비춰질 수도 있었으니까.

굳이 그들이 중립을 깨고 슈넬덴에 투자할 만한 무언가를 제시하지 못한다면, 그녀는 이 제안을 받아들이지 않을 생각이리라.

"저도 슈넬덴의 현재에 투자해 달란 말은 아닙니다."

"현재가 아니라면?"

"미래죠."

루크의 눈이 또렷하게 빛났다.

"미래의 슈넬덴은 200년 전 그때의 모습을 되찾을 겁니다."

그의 목소리 역시 확신에 차 있었다.

"그때가 되면 슈넬덴이 황탑의 든든한 뒷배가 될 수 있지 않을까요?"

구차하단 건 알고 있다.

그럼에도 지금 슈넬덴이 내세울 수 있는 건 이것밖에 없었다.

자신이 꾸려 나갈 슈넬덴의 미래는 그만큼이나 확실했으니까.

하지만 크라이스도 호락호락한 인물은 아니었다.

"네 말대로 뒷배가 필요한 거라면 대륙 제일의 가문이 더 낫지 않을까? 코넬리오 역시 우리에게 호의적이거든."

"그러니까 더더욱 슈넬덴과 손잡아야죠."

"뭐?"

그녀가 고개를 갸웃한다.

"대륙제일의 가문이 낫다면서요."

"그랬지."

"제가 꾸려 나갈 미래의 슈넬덴은 대륙 제일일 겁니다."

"……."

잠깐의 정적이 흐르더니.

"하하하하!"

이내 그녀가 한바탕 크게 웃었다.

어찌나 웃었던지 곱게 휘어진 눈꼬리에 눈물마저 맺혀 있었다.

'이게 그렇게나 웃긴가?'

나름 진지한 목표를 말한 건데 상대가 저렇게 나오니, 괜히 뻘쭘해지는 것 같았다.

그러고도 그녀의 웃음은 한동안 계속되었다.

"언제까지 웃을 겁니까?"

"아, 미안, 미안."

그녀가 눈물을 닦으며 말했다.

"나도 모르게 예전 생각이 나서."

"예전 생각요?"

"맞아. 딱 너처럼 말한 네 조상이 있었거든."

그녀는 여전히 미소를 짓고 있었다.

"200년 전의 루크도 너처럼 슈넬덴을 제일 가문으로 만들겠다고 했어."

기억났다. 그러고 보니 그때도 그녀에게 똑같이 말했었다.

워낙 여기저기 말하고 다니다 보니까, 누구한테 말했는지도 잘 기억이 안 났다.

"하지만 결국에 실패했지."

"……."

"너희 가문 역사상 가장 위대하다고 여겨지는 그 녀석도 슈넬덴을 제일 높은 곳에 올려놓지 못했다고. 과연 그걸 네가 할 수 있을까?"

"하하하!"

"왜 웃는 거야?"

왜 웃느냐고?

슈넬덴을 제일 높은 곳에 올려놓지 못했다니.

자신은 거기서 죽었으니 세간에 그렇게 알려진 건 당연했다.

하지만 그걸 직접 남의 입을 통해 들으니 웃음을 참을 수가 없었다.

"정말 못 했을 것 같아요?"

"그건 역사책만 봐도 알 수 있는 사실이잖아."

"역사책이 모든 걸 말해 주는 건 아니죠."

루크의 입꼬리가 올라갔다.

언뜻 보면 건방져 보일 수도 있는 웃음.

그러나 크라이스의 눈에는 그렇게 보이지 않았다.

―제가 언젠간 슈넬덴을 제일 높은 곳에 올려놓을 겁니다.

그렇게 말하던 녀석의 표정과 똑같았으니까.

"그분은 아마 자신이 말한 바를 지켰을 겁니다."

루크의 주위로 소용돌이가 이는 것 같았다.

그리고 크라이스는 자신이 거기로 빨려 들어가고 있다는 느낌을 받았다.

"그리고 저 역시 성공할 겁니다."

"……."

"아니, 어쩌면 그때의 슈넬덴을 넘어설지도 모르죠."

'이번이 두 번째로 사는 삶이니까.'

루크는 마지막 말은 하지 않았다.

하지만 그것만으로도 충분했다.

크라이스의 눈은 이미 반짝이고 있었으니까.

'이거…… 보통 놈이 아니다.'

왠지 확신이 생기는 것 같았다.

이 녀석도 200년 전의 루크처럼 자신의 흥미를 끌만 한 무언가를 해낼 것이라고.

아니, 어쩌면 방금 했던 말대로 그 이상을 해낼 수도 있을 거라고.

"역시 슈넬덴 녀석들이라니까."

"그럼 제안을 받아들이시는 건가요?"

"긍정적으로 검토해 볼게."

크라이스는 확답을 내려 주지 않았다.

어느 정도 예상했던 바였다.

아무리 탑주라고 해도 이렇게 큰 문제를 독단적으로 결정지을 수는 없을 테니까.

'긍정적인 반응을 이끌어낸 것만으로도 반은 성공이야.'

나머지 반은 굳이 이 자리에서 할 필요는 없었다.

그저 슈넬덴이 빠르게 부활하는 모습을 그녀에게 보여 주는 것만으로도 충분하리라.

"그럼 탑주님이 결정에 도움이 될 만한 것들은 차차 보여 드리죠."

루크는 그렇게 탑주실을 나갔다.

크라이스는 루크가 들리지 않을 목소리로 나지막이 말했다.

"기대하고 있을게."

루크는 탑주실에서 나오자마자, 곧장 테오 일행에게 갔다.

탑주가 즉시 마나홀의 사용을 허락해 줬기 때문이다.

"우리 어디로 가는 거야?"

"마탑 안을 이렇게 막 돌아다녀도 되는 겁니까?"

"마법사들이 가만 안 둘 텐데요."

테오 일행은 불안한 듯 말했다.

아직도 그들은 마탑에 대한 불신이 있었던 것이다.

하긴 괴담대로 마법사들에게 납치까지 당했으니, 트라우마가 생기는 것도 이상한 건 아니었다.

"이쪽 동선은 아무도 안 지나간다니까 걱정하지 마."

루크가 커다란 문 앞에 섰다.

"여기다!"

"여기가 어딘데?"

"우리가 수련할 곳."

"이 방이 뭐길래?"

"보면 알아."

루크는 문손잡이에 손을 가져다 댔다.

우우웅—!

손잡이에 달린 장치가 루크의 마나를 스캔했다.

[임시 등록 인원입니다.]

안내음과 함께 문이 열렸다.

"역시 동작이 참 빨라."

루크는 고개를 끄덕이며 문 안으로 성큼성큼 들어갔다.

"어, 잠깐만."

"여기 마탑이니까 경계를 늦추시면 안 됩니다."

테오 일행이 경계심을 잔뜩 품은 채로, 루크를 따라 들어

갔다.

방 안에는 커다란 나무가 덩그러니 놓여 있었다.

"무슨 건물 안에 저런 큰 나무가 있어? 혹시 또 이상한 생

물 아니야?"

"쯧쯧."

루크는 그런 테오를 보며 혀를 찼다.

"기사씩이나 됐으면 주변부터 느껴 봐."

"주변이라니, 주변에 뭐가…… 어?"

테오는 말을 하다 말고 멈췄다.

그뿐만이 아니었다.

브리데커와 엘린은 아예 눈을 감기까지 했다.

"이게 무슨……!"

"이런 순도의 마나는 처음 느껴 봐요."

슈넬덴산 역시 마나의 순도가 높은 곳으로 유명한 곳이다.

그러나 아무리 그래도 이 정도는 아니었다.

숨만 쉬었을 뿐인데도 몸 전체로 퍼져 나가는 이 청량함.

마나의 순도가 그만큼이나 높다는 의미이리라.

그제야 루크가 왜 이곳을 수련할 곳이라고 한 지 알 것 같
았다.

"여기서 수련하는 겁니까?"

"맞아. 마나 연공하기엔 최고의 조건이지."

"이렇게 정순한 마나가 넘치면 우리도 금방 수석 기사들만
큼이나 마나를 모을 수 있는 거 아니야?"

루크는 테오를 한심하게 쳐다봤다.

아무래도 1절에서 못 끊는 건 고칠 수가 없나 보다.

"정신 차려. 아무리 깨끗한 물이 넘쳐흘러도 자기가 가진
물병만큼만 담아 갈 수 있는 법이야."

"아……."

테오는 자신의 실수가 무엇인지 깨달았다.

이 순도 높은 마나에 잠깐 정신이 팔려 그 당연한 진리를 까먹은 것이다.

"그러니까 자기가 가진 그릇만큼만 담아. 여기 마나는 순도가 높아서 과하게 담으면 바로 오버플로 온다."

"오버플로……."

오버플로.

회로에 마나가 과하게 흐르는 현상이다.

그러다 마나가 역류라도 하면 자칫 기사로서의 삶을 접어야 할 수도 있었다.

그 말을 듣고 나니 정신이 바짝 차려졌다.

"참고로 자연에 가까운 마나라서 제어하기도 어려울 거야. 천천히 조금씩 달래 가며 순환시켜야 비로소 자기 걸로 만들 수 있어."

"알겠어."

테오 일행은 루크의 가르침을 마음속에 새기며 가부좌를 틀었다.

그러고는 연공을 시작했다.

-집중해. 욕심 갖지 말고.

조금 전 루크가 한 말대로 마나를 소량만 데리고 들어와 천천히 자신의 것으로 만들었다.

그렇게 한 바퀴 순환을 시키고 나니, 마나의 제어가 훨씬 수월해졌다.

이제는 좀 더 작은 회로들까지 세세하게 순환시켜도 괜찮을 것 같았다.

그 마나가 회로를 지나갈 때마다 그 회로는 마치 새로 만들어지는 것처럼 느껴졌다.

아마 이 회로는 이후에도 마나를 훨씬 잘 순환시킬 것이다.

'안 돼, 욕심이 생겼잖아! 천천히 조금씩!'

그들은 자꾸만 머릿속에서 떠오르는 욕망을 필사적으로 참으며 마나를 연공했다.

얼마나 시간이 흘렀을까.

테오의 눈이 떠졌다.

연공에만 집중한 탓에 시간의 흐름을 가늠할 수가 없었다.

하지만 한 가지 확실한 게 있었으니, 그건 코어에 든든하게 들어찬 마나였다.

"와……."

감탄이 절로 나왔다.

'순수한 마나가 담겨 있는 코어는 이런 느낌이구나.'

지금 이 상태라면 그 마법사 놈과 붙어도 이길 수 있을 것 같았다.

이게 다 루크 덕분이라는 생각이 들자, 이 감정을 주체할 수가 없었다.

"루크, 고마워. 이게 다 너 덕분…… 읍!"

그때 누군가 자신의 입을 막았다.

그건 먼저 연공을 마친 브리데커와 엘린이었다.

"뭐야 너희? 좋은 마나 좀 채웠다고 바로 하극상이냐?"

"그게 아니라…… 아직 이 공자가 연공 중이라서 말린 겁니다."

그는 브리데커가 가리키고 있는 방향으로 고개를 돌렸다.

거기엔 아직도 마나 연공을 하고 있는 루크가 있었다.

그런데 그 모습이 어딘가 이상했다.

"왜 주위로 아지랑이가 피어오르지?"

"저게 뭔지 모르겠습니까? 자세히 좀 보세요."

엘린의 다그침에 테오는 눈을 크게 뜨고 루크를 보았다.

"미친……!"

테오는 저도 모르게 그렇게 말했다.

"지금 저게 다 마나라고?"

그렇다.

저 아지랑이는 루크의 주위로 마나가 급격하게 빨려 들어가는 과정에서 만들어진 것이었다.

"순수한 마나라서 조심히 넣어야 한다며?"

루크가 거짓말을 한 건 아니었다.

여기서 조금만 연공해 봐도 알 수 있었다.

이 마나들을 얼마나 다루기가 어려운 건지.

자칫하다가는 코어 용량 이상의 마나가 쑥 들어와 버릴지도 몰랐다.

그런데 저놈은 어떻게 소용돌이처럼 마나를 빨아들이고 있단 말인가.

그때 테오의 머릿속에 그 이유가 스쳐 지나갔다.

주변을 둘러보니 브리데커와 엘린도 같은 이유를 떠올린 것 같았다.

-아무리 깨끗한 물이 넘쳐흘러도 자기가 가진 물병만큼만 담아 갈 수 있는 법이야.

-그러니까 자기가 가진 그릇만큼만 담아.

조금 전 루크가 했던 말이었다.

"그러니까 설마 루크의 그릇이 저 많은 양을 다 담을 수 있다고?"

"그런 것 같습니다……."

아무래도 저놈은 같은 인간의 범주 안에 넣으면 안 될 것 같았다.

루크의 모습을 지켜보던 테오는 어이가 없었다.

솔직히 말해 그는 이번 마나홀에서의 수련으로 루크와의 격차를 조금이나마 좁힐 수 있을 거라 생각했다.

이렇게 정순한 마나가 가득한 곳에서 연공을 한다면, 금방 코어를 가득 채울 수 있을 테니까.

물론 이곳에서 연공을 하는 건 루크도 마찬가지이긴 했다.

그럼에도 원래 50점에서 90점까지 올리는 것보다 90점에서 95점이 되는 게 더 어려운 법이지 않던가.

'그래서 조금이나마 기대했던 건데.'

하지만 루크의 모습을 보고 있자니, 그게 자신의 착각이었음을 깨달았다.

루크는 자신이 50점에서 90점으로 올리는 동안, 90점에서 95점을 넘어 아예 200점까지 올라가 버렸다.

이쯤 되니 억울한 마음마저 들었다.

도대체 저런 사기적인 재능을 어떻게 쫓아가란 말인가.

'신도 무심하시지.'

신이 자신에게 남에게 없는 특출한 재능을 준 것 맞았다.

그건 고마운데, 동시에 신은 자신에게 루크라는 동생도 줘버렸다.

'저런 괴물을 어떻게 쫓아가라고.'

테오가 속으로 그렇게 한탄하고 있을 때였다.

연공을 마친 루크가 슬며시 눈을 떴다.

"뭐야, 왜들 그러고 있어?"

"널 기다리고 있었지."

"벌써 연공 다 끝났어?"

"네가 오래 걸린 거야."

테오가 괜히 입술을 삐죽 내밀며 대답했다.

"그런가?"

그 정도로 오래 걸린 줄은 몰랐다.

오랜만에 풍부한 마나 속에 있다 보니, 자기도 모르게 연공에 몰입한 모양이다.

그럼 성과는 얼마나 될까.

루크는 자신의 코어를 내려다보았다.

그러다 깜짝 놀랐다.

우웅—!

마나가 가득 찬 세 개의 코어가 힘차게 공명했다.

'이걸 다 채운 건가?'

알다시피 루크는 마나를 연공할 때, 주변에서 끌어들인 마나를 가장 정순한 형태까지 고르고 고른 후에 받아들인다.

그 때문에 가장 정순한 마나를 코어에 담을 수 있었지만, 반대급부로 마나를 채우는 속도로 극도로 느릴 수밖에 없었다.

하지만 이곳의 마나는 조금만 정제하더라도 원하는 순도의 마나가 나왔다.

그 사실에 신이 난 나머지 닥치는 대로 받아들였더니, 어느새 코어가 가득 차 버렸다.

'이걸 다 채우는 데에는 한참 걸릴 거라 생각했는데.'

마나홀에서의 수련이 효과가 있을 줄은 알았지만, 이 정도일 줄이야.

루크의 입가엔 미소가 번져 나갔다.

물론 아직 예전의 힘을 모두 되찾을 때까지는 한참 남긴 했다.

그래도 그때의 모습에 한 발짝 더 다가가고 있다는 게 중요한 거 아니겠는가.

그것도 생각했던 것보다 더 빠르게 말이다.

'조금만 더 안정시키고 나면, 바로 코어를 분열시켜도 되겠어.'

루크는 본인의 성과에 만족하고는 이어서 테오 사단을 살폈다.

그들을 살핀 루크는 흐뭇하게 웃었다.

"다들 제법인데?"

그들 역시 자신에 비할 바는 아니지만, 꽤 많은 마나를 담아냈다.

"한 번에 그 정도까지 해낼 줄은 몰랐는데."

그만큼 저들이 마나를 제어하는 능력이 뛰어나다는 의미이리라.

그동안 수련시킨 보람이 느껴지는 것 같아서 괜히 뿌듯해졌다.

하지만 정작 본인들은 아직 만족하지 못한 모양이다.

"너에 비하면 한참 못 채웠는데."

테오가 못내 아쉬운 듯 한숨을 푹 내쉬었다.

다른 녀석들도 마찬가지였다.

"오늘은 거기까지만 해도 돼. 며칠만 그렇게 해도 금방 가득 채울 거니까."

그 말에 테오 사단의 눈이 동그래졌다.

테오는 아예 콧구멍까지 벌름거리고 있었다.

"며칠이라고?"

"응."

"그럼 여길 계속 쓸 수 있다는 거야? 이렇게 귀한 곳을?"

"당연하지. 아마 매일 써도 될 거야."

"말도 안 돼……."

"뭐가 말이 안 돼, 내가 탑주랑 거래하고 왔는데."

테오 일행은 여전히 현실성 없는 표정으로 루크를 보았다.

이곳에서 하루 수련하는 건 엘릭서 하나를 먹은 것만큼의 효과가 있었다.

분명 이런 엄청난 효과를 가진 곳을 누구나 다 이용하는 건 아닐 것이다.

그런데 자신들이 매일 쓸 수 있다니.

"왜, 싫어?"

"싫다니!"

"그럴 리가요!"

"절대 좋습니다!"

테오 사단이 일제히 대답했다.

그러더니 급기야 루크에게 예까지 갖추었다.

"그냥 내가 널 형으로 모실게."

"역시 공자님밖에 없습니다."

"평생 주군으로 모시겠습니다."

그걸 본 루크는 웃음을 터뜨렸다.

"너희들도 슈넬덴이긴 슈넬덴이구나."

물론 자신이 녀석들을 강하게 해 준 건 맞는 말이었지만, 또 그만큼 이가 갈리도록 힘들게 하는 사람이기도 했다.

보통 사람들이라면 감사하긴 하겠지만, 저런 존경의 반응을 보이지는 않을 것이다.

하지만 슈넬덴은 달랐다.

강해지는 길을 제시해 주는 이라면, 설령 그 상대가 원수라도 스승으로 모실 수 있는 작자들.

그게 바로 슈넬덴이라는 족속이었다.

슈넬덴의 부활은 가문의 무력이자 재력만 되살리는 것으로는 부족했다.

구성원들 사이에서 슈넬덴의 정신이 되살아날 때, 비로소 가문이 진짜 부활했다고 말할 수 있으리라.

그런 의미에서 지금 이 녀석들의 마음속에 튄 스파크를 보면 가문의 어른으로서 뿌듯할 수밖에 없었다.

'물론 그게 언제까지 이어질지는 모르겠다만.'

아마 몇 주 후면 저런 반응이 나오지 않을 텐데.

루크는 즐거워하는 테오 사단을 보며 흐뭇하게 웃어 보일 뿐이었다.

🐢

루크 일행이 마나홀에서 매일같이 수련한 지 일주일이 넘었다.

오늘도 역시 그들은 똑같은 모습으로 마나 연공을 하고 있었다.

평소와 조금 다른 점이 있다면, 테오만이 멀찌감치 떨어져서 가부좌를 틀고 있다는 것.

그리고 그 옆에는 루크가 서서 마나의 인도를 돕고 있다는 것이었다.

뚝, 뚝, 뚝.

테오의 몸은 이미 땀으로 흠뻑 젖은 상태였다.

루크 역시 진지한 눈으로 인도에 집중했다.

그것만 보더라도 그들이 평범한 마나 연공을 하는 게 아니라는 걸 알 수 있었다.

우웅-!

잠시 후 테오의 눈이 확 떠짐과 동시에 그의 코어에서 힘찬 울림이 퍼져 나왔다.

"됐다!"

테오가 주먹을 꽉 쥐며 일어났다.

"이제 코어가 세 개야!"

그는 분열에 성공한 코어를 보며 말했다.

그렇다.

테오는 루크의 인도를 받아 코어를 세 개로 분열시킨 것이다.

처음 느껴 보는 코어의 강한 공명에 테오는 감격했다.

"축하해."

"그런데 너도 코어 세 개라고 했잖아."

"그렇지."

"그럼 혹시 우리가 적어도 마나만큼은 비슷해진 건…… 역시 아니겠지?"

테오는 루크의 표정을 보고는 얼른 말을 바꿨다.

아마 사람이 얼굴로 욕을 할 수 있다면, 딱 루크의 표정이었을 것이다.

"완전 증류수로 세 개의 물통을 채운 거랑 그냥 아무 물로 채운 거랑 같겠어? 심지어 물통의 종류조차 다른데?"

"하긴."

테오는 고개를 떨구었다.

코어가 늘었다는 사실에 너무 흥분했던 것 같았다.

정작 루크랑 붙으면 아직 발등조차 닿지 못할 텐데.

"그래도 꽤 강해지긴 했을 거야. 어쨌거나 이제 코어가 세 개니까."

"맞아. 확실히 달라진 느낌이야."

"그럼 한번 시험해 보자."

"어떻게?"

"음, 백아검을 써 보는 건 어때?"

"백아검?

"응."

"아직 배운 적도 없는데?"

"황탑주랑 싸울 때 내가 똑똑히 봐 두라고 했었잖아. 그때 안 봤어?"

왠지 안 봤다고 하면 당장이라도 루크가 주먹을 꽂아 버릴 것 같았다.

그래서 자기도 모르게 고개를 끄덕였다.

"그래, 그러면 한번 해 봐."

"그……럴까?"

이미 되돌리기에는 늦은 것 같았다.

테오는 하는 수 없이 몸을 일으켰다.

'나름 집중해서 봤었고, 코어도 늘었으니까 까짓 거 한번 시도해 보자.'

속으로 그렇게 몇 번이고 되뇌며 검을 뽑았다.

머릿속에서 루크가 황탑주와 싸우던 때의 모습을 떠올려

보았다.

하나하나가 상대의 급소를 노리는 독살스러운 검.

그 무엇 하나 감히 따라 할 엄두가 나지 않았다.

'이렇게 된 거 하나만이라도 제대로 해 보자.'

그는 다른 부분은 머릿속에서 과감하게 지워 버렸다.

어차피 흉내조차 내지 못할 걸 생각하고 있어 봐야 집중력에 손해만 보니까.

'루크가 보여 줬던 백아검의 첫 초식, 그것만이라도 재현하는 거야.'

테오는 루크가 처음으로 검을 내지르던 그 장면에만 오롯이 집중했다.

머릿속으로 수십 번이나 그 장면을 되새긴 후, 마침내 그는 검을 내질렀다.

우웅-!

동시에 그의 코어가 공명했다.

파아아아앙!

검 끝이 공기를 터뜨렸다.

만약 저곳에 누군가의 목덜미가 있었다면, 그곳에 반드시 바람구멍이 났으리라.

그런 생각이 들 정도로 제대로 된 백아검의 첫 초식이었다.

하지만 거기까지가 끝이었다.

그 첫 초식에 온 힘과 정신을 다 써 버렸으니까.

"후……."

테오는 검을 거두고 고개를 숙였다.

루크의 다음 응징을 달게 받겠다는 표현이었다.

하지만 루크의 입에선 예상치 못한 반응이 나왔다.

"오?"

그것은 감탄이었다.

비록 첫 초식뿐이었지만, 그 완성도는 전에 겨뤘던 바트 못지않았다.

한 번도 배우지 않은 검을 저 정도로 재현하다니.

'솔직히 하나도 못 따라 할 줄 알았는데.'

다시 한번 테오의 재능에 감탄했다.

"이 정도로 성장했다면, 그걸 좀 더 빨리 해도 되겠어."

"그거라니?"

테오는 어딘가 익숙한 불길함을 느꼈다.

루크는 테오의 질문에 대답하지 않고 재차 질문을 던졌다.

"형은 지금 형이 얼마나 강하다고 생각해?"

테오의 표정이 금세 어두워졌다.

더 생각해 볼 필요도 없었기 때문이다.

"약하지."

"아니야, 형은 강해."

"뭐?"

생각지 못한 칭찬에 테오의 눈이 동그래졌다.

루크가 빈말을 한 건 아니었다.

테오는 분명 또래에선 강하다고 손꼽힐 만했다.

테오뿐만 아니라 엘린이나 브리데커도 대륙 전체로 봤을 때, 준수하다고 불러 줄 수 있었다.

"하지만 그건 어디까지나 평범한 가문을 기준으로 했을 때지."

"하긴 과거 슈넬덴의 기준으로 보면 아직 많이 부족하지?"

루크는 고개를 저었다.

"현재 슈넬덴의 상황에서도 약해."

테오는 이빨을 꽉 깨물었다.

과거라면 모를까, 현재의 슈넬덴에서도 약하다니.

슈넬덴의 그 누구보다 열심히 수련을 하고 있는 입장에서 조금 억울해졌다.

"형은 모르겠지만 슈넬덴은 이제 주변의 견제를 받기 시작했어."

"라바흐나 샤룬 같은 곳을 말하는 거야?"

"아니, 그보다 더 위협적인 곳들."

처음 듣는 이야기였다.

현재 시점에서 슈넬덴의 가장 큰 적은 그들인 줄 알았는데.

그보다 더 위협적인 곳이라니.

"형은 최소한 건곤일척에서 봤던 바트쯤은 꺾을 실력이 돼야 해."

"바트라면······."

"참고로 갑자기 각성해서 천절백아검을 휘두르던 그때를 말하는 거야."

루크는 이번 테오 사단의 납치 사건으로 깨달은 바가 있었다.

저들이 자신과 함께 다닌다면 이번처럼 누군가에게 노려질 확률이 높았다.

아마 당분간 그 누군가는 아마 흑성교가 될 것이다.

슈넬덴의 부활을 저지하는 것이 그들의 목적이었으니까.

그렇기에 테오 사단은 적어도 흑요석을 사용한 기사들로부터 자신을 지킬 수 있을 만큼 강해져야 했다.

그래야 루크도 마음 놓고 녀석들을 여기저기 데리고 다닐 수 있지 않겠는가.

"너라면 모를까, 내가 그 녀석을 이기는 게 가능해?"

"곧 가능해질 거야."

"응?"

테오는 고개를 갸웃했다.

"여긴 마나홀이니까."

"그렇긴 한데, 마나만 채운다고 해서 갑자기 강해지는 건 아니지 않아?"

"잘 알고 있네. 갑자기 마나가 늘어나더라도 실전에서 그걸 제대로 꺼내지 못하면 말짱 꽝이지."

루크는 기특하다는 듯 박수를 쳤다.

"그러니까 이제부터 쌓은 마나를 체화하는 특훈을 해야겠지? 겸사겸사 비전 수련도."

"특훈? 비전 수련?"

"뭐 별거 아니야."

"그게 더 불안해."

"일단 쟤들도 연공이 끝난 거 같으니까 한 번에 이야기하자."

마침 브리데커와 엘린도 연공을 마치고 가부좌를 풀고 있었다.

루크는 그들 곁으로 다가갔다.

툭.

그러고는 등에 메고 있던 목검을 풀었다.

갑자기 저건 왜 푸는 걸까.

궁금증은 곧 해결되었다.

"가장 빠른 학습은 역시 몸으로 배우는 거지."

루크가 목검을 들며 말했다.

"다 덤벼."

"다 덤비라는 게 설마······."

"뭘 알면서 물어?"

루크가 퉁명스럽게 말했다.

테오 사단의 표정이 더욱 어두워졌다.

그의 말대로 저 덤비라는 말이 무엇을 의미하는지는 알고 있었다. 차마 그러고 싶지 않았을 뿐이지.

마지막 발악이라도 하는 심정으로 테오가 입을 열었다.

"하지만 여긴 마탑 내에서도 신성한 곳인데, 우리가 소란이라도 일으켰다가는 문제가 생기지 않을까?"

"하긴 그렇긴 하겠다."

다행히 루크에게서 반응이 나왔다.

잘하면 이대로 조용히 넘어갈 수도 있을…….

"그러니까 다들 입 잘 틀어막고 해야겠지?"

루크가 주먹의 관절을 풀며 말했다.

저걸 보니 그냥 조용히 넘어갈 리가 없어 보였다.

"하…… 다들 준비하시죠."

결국 엘린이 가장 먼저 포기했다.

"그러자."

"어쩔 수 없지."

테오와 브리데커도 울며 겨자 먹기로 자세를 잡았다.

루크도 그런 그들을 보며 주먹을 불끈 쥐었다.

"그럼 실전 시작한다."

파앙!

그와 동시에 루크의 신형이 사라졌다.

루크가 어디로 갔는지 찾기도 전에, 그는 이미 테오의 눈앞으로 날아와 있었다.

뻐어어억!

그는 테오가 반응하기도 전에 목검으로 턱주가리를 후려 버렸다.

"커헉!"

털썩.

테오의 몸이 공중에 붕 뜨더니, 중력을 이기지 못하고 바닥으로 떨어졌다. 그의 눈에선 초점이 사라졌고, 벌어진 입 사이로 침만 질질 흘러나왔다.

충격으로 아예 정신이 나가 버린 건 아닐까.

그런 걱정마저 들게 하는 모습.

하지만 지금은 그런 걸 걱정할 때가 아니었다.

테오를 날려 버렸던 그 목검이 이번엔 다음 먹잇감을 노리고 있었으니까.

뻐억, 뻐어억!

브리데커의 몸이 떠올랐다.

그리고 그 몸이 땅에 떨어지기도 전에, 엘린의 몸도 날아올랐다.

털썩.

땅에 떨어진 그 둘은 몸을 파르르 떨었다.

뒤이어 엄청난 고통이 한꺼번에 밀려들어 왔다.

고작 목검에 맞은 게 진검에 찔린 것보다 더 아팠다고 하면, 그 누구도 믿지 않으리라.

"쯧, 마나가 너무 늘었나? 힘 조절이 안 되네."

루크는 드러누운 테오 사단을 보며 혀를 찼다.

저게 지금 순식간에 사람 셋을 날려 버린 사람이 할 소리 인가?

아니, 그 전에 저놈은 또 얼마나 강해진 것일까?

분명 루크도 전력을 다한 게 아닐 텐데, 황탑주와 겨룰 때 보다도 더 빠른 속도로 움직였다.

저런 상대와 대련을 해야 하다니.

차라리 여기서 의식을 잃고 쓰러진 척을 하는 게 더 나을 것 같았다.

하지만 루크가 그런 꼼수에 넘어갈 리가 없었다.

"다음부턴 조심할 테니까 빨리 일어나."

"……."

"어? 그래도 안 움직인다 이거지?"

뿌드득.

루크가 목을 이리저리 꺾으며 다가왔다.

"어쩔 수 없지. 내가 강제로 일으켜 주는 수밖에."

벌떡.

그 말에 세 명이 용수철 튕기듯 벌떡 일어났다.

루크는 그런 셋을 안타깝다는 시선으로 바라보았다.

"내가 엄청 강해진 것 같지?"

끄덕.

"뭐, 강해진 건 맞는데…… 방금은 너희가 충분히 따라올 수 있을 만큼 조절했어."

'지금 그 말을 믿으라고?'

셋의 머릿속엔 똑같은 생각이 떠올랐다.

"물론 사아알짝 조절을 잘못하긴 했지만."

"살짝이 아닌 것 같은데……."

"다물어."

루크의 말에 다들 입을 다물었다.

"어쨌든 너희도 마나를 든든히 채웠잖아. 그걸 써먹을 생각을 해야지."

세 명의 표정을 보니, 루크가 한 말을 아직 이해하지 못한 것 같았다.

"코어의 마나를 꺼내 운용하는 건 의지의 영역인 건 알지?"

길을 알려 주고 인도는 해 줄 수는 있지만, 어쨌든 마나를 움직이는 건 사용자의 의지다.

의지가 강하고 구체적일수록 마나는 훨씬 더 원활하게 움직인다.

그것이 극에 달해 자신만의 순환 구조를 가지게 되면, 그게 비로소 비전으로 거듭나는 것이고.

비전 원문의 서술이 그토록 모호한 것도 바로 이 때문이었다.

"그러니까 강하고 구체적인 의지를 불러일으켜야 할 거 아니야? 나한테 화를 내든, 승부욕을 느끼든, 뭐든 간에."

"……."

하지만 테오 사단은 루크에게 화를 내지 않았다.

아니, 낼 수가 없는 것이다.

하긴 그들의 기억 속엔 루크에게 당했던 순간밖에 없었으
니, 감히 대항할 생각조차 하지 못하는 것이리라.

저래서야 늘어난 마나를 제대로 운용하는 방법을 익힐 수
가 없었다.

'녀석들의 구미가 당기는 게 있어야 할 듯한데.'

루크는 인심이라도 쓴다는 듯 고개를 끄덕였다.

"좋아. 그럼 보상을 하나 걸지."

"보상?"

"슈넬덴이라면 도전에 걸맞은 보상이 있어야 하잖아."

"뭔데?"

루크는 자기 자신을 가리켰다.

"무슨 수를 써서든 나한테 한 방이라도 먹이면 하루 동안
부관이 되어 주지. 너희가 뭘 하든 입 다물고 따를 테니까 마
음껏 굴려도 돼."

"……."

"왜, 조건이 마음에 안 들어?"

테오 사단의 눈이 번들거렸다.

루크를 하루 동안 부관으로 삼을 수 있다니.

그럼 그 하루만큼은 루크에게 당했던 것들을 모조리 갚아 줄 수 있다는 의미가 아닌가.

그들의 입가에 사악한 미소가 번져 나갔다.

"싫으면 다른 조건으로 할까?"

"아니!"

"절대 아닙니다!"

그들은 그 어느 때보다 우렁찬 목소리로 대답했다.

그 기세에 루크가 살짝 당황할 정도였다.

이게 이렇게나 효과가 있을 일인가?

'생각해 보니까 기분 나쁘네.'

자기가 뭘 그렇게 잘못했다고 저런 반응을 보인단 말인가.

근육도 키워 줘, 비전도 알려 줘, 마나도 채워 줘…….

물론 그 과정에서 구타 및 가혹행위가 조금 있긴 했지만.

'조금이 아닌가?'

그래도 나를 죽이지 못하는 고통은 나를 더욱 강하게 만든다는 말도 있지 않던가.

루크는 애써 그렇게 합리화를 했다.

"정말 무슨 수를 써도 되지?"

"그래, 무슨 수든 써 봐."

"셋이서 협공을 해도 되고요?"

"물론."

그때 조용히 있던 엘린이 슬쩍 입을 열었다.

"비전을 써도 되나요?"

"엘린, 날 죽이고 싶은 거야?"

"안 되나요?"

"오히려 환영이지."

엘린은 눈빛마저 날카롭게 빛났다.

예상했던 그림과 조금 다르긴 했지만, 어쨌든 테오 사단의 동기를 유발시키는 데는 성공한 것 같았다.

"좋아, 그럼 다들 준비됐어?"

루크가 테오 사단을 향해 말했다.

그런데 녀석들의 반응이 어딘지 이상했다.

"한 대만 패자. 딱 한 대만 패는 거야."

"무슨 수를 써서라도."

"대가리만 노린다. 대가리! 대가리!"

마지막 말은 놀랍게도 엘린이 한 것이었다.

녀석의 초점이 절반 정도 나간 것 같은데⋯⋯ 설마 각성 상태가 된 것일까?

고작 자신을 부관으로 만들기 위해서 각성 상태까지 되다니.

"그래, 한꺼번에 덤벼라."

그 말과 동시에 테오 사단이 움직였다.

엘린은 천설검을, 브리데커는 설화이검을, 그리고 테오는 백아검을 사용했다.

하나같이 사생결단이라도 낼 것 같은 표정이었다.

"역시 의지가 생기니까 마나도 잘 꺼내 쓰네."

"으아아아악!"

"허허, 다들 젊어서 그런가? 혈기가 왕성해."

루크는 그런 그들을 보며 흐뭇하게 웃었다.

그러고는 목검을 꽉 쥔 채로 그들을 향해 달려들었다.

뒤이어 마나홀에서는 테오 사단의 비명이 울려 퍼졌다.

테오는 시퍼렇게 든 피멍에 약을 바르고 있었다.

"괜찮으십니까?"

브리데커가 걱정스러운 목소리로 물었다.

지난 2주간 있었던 일을 생각하면, 상태가 걱정될 만도
했다.

당장 자신조차도 그동안 루크에게 맞지 않은 부위가 없었
으니까.

그러나 테오의 입에서 나온 말은 예상과 많이 달랐다.

"넌 안 떠올라?"

"예?"

"떠오르지 않냐고."

"뭐가 떠오른단 말입니까?"

"난 백아검의 초식이 떠올라."

분명 처음 루크 앞에서 보여 줄 때만 하더라도, 첫 초식인 찌르기만 정확히 생각났었다.

나머지는 동작만 알고 있었지, 거기에 맞춰 어떻게 마나를 운용해야 할지는 전혀 떠오르지 않았다.

그런데 지금은 어떤가.

백아검의 3할 정도가 머릿속에서 선명하게 그려졌다.

"어떻게 이럴 수가 있지?"

루크는 지난 2주간 자신에게 백아검을 따로 가르쳐 준 적이 없었다.

그저 목검을 들고 후드려 패기만 했을 뿐.

그런데 어째서 그의 머릿속에선 초식이 이토록 선명하게 그려지는 것일까.

"그게 무슨…… 어?"

브리데커는 대답을 하다 말고 멈칫했다.

"너도 떠오르지?"

"예, 설화이검의 초식이 떠오르는데요?"

그의 머릿속에서도 설화이검의 초식이 명확하게 그려졌기 때문이다.

처음 그가 설화이검을 배웠을 때는 보이지 않았던 것들까지도 함께 그려졌다.

"엘린! 넌 뭐 없어?"

"저는 천설검을 완전히 익힌 것 같습니다."

테오 사단은 서로의 얼굴을 멍하니 쳐다봤다.

이건 말도 안 되는 일이었다.

일반적으로 하나의 비전을 익히기 위해선 수도 없이 비전서에 적힌 초식들을 읽고, 다시 그 내용을 수도 없이 반복해 몸에 적응시켜야 했다.

그러고도 오랜 시간이 걸리는 것이 비전 수련이었다.

그런데 자신들이 2주간 했던 것은 무엇이었는가.

루크에게 달려들었다가 나가떨어지는 것뿐이었다.

아마 녀석이 사용한 게 목검이 아니었다면, 이 수많은 멍들은 전부 자상이 되어 있었겠지.

"근데 우리 머릿속엔 왜 비전이 떠오르는 거냐? 심지어 난 너희랑 달리 백아검을 제대로 배운 적도 없는데?"

"그러게요."

테오와 브리데커와 달리, 엘린에겐 뭔가 떠오르는 게 있었던 모양이다.

"생각해 보면 공자님께서는 우릴 상대할 때, 각자 사용하는 검으로 대응했지 않아요?"

"그러고 보니 그러네?"

테오가 인상을 찌푸렸다.

루크에게 당해서 생긴 멍들이 쑤셔 왔기 때문이다.

"그 동작들이 자연스럽게 익혀진 거 아닐까요?"

"에이, 고작 그거 봤다고 비전이 익혀진다고?"

물론 그 비전의 동작을 보는 건 효과가 있었다.

하지만 그것만으로 비전이 익혀진다면, 뭐 하러 명문가들이 그 많은 돈을 들여 가며 비전 연구실을 운영하겠는가.

그냥 스승들이 비전을 보여 주기만 하면 될 텐데.

"다들 멍이 든 자리를 잘 살펴보세요."

엘린의 말에 그들은 몸 구석구석을 살펴보았다.

이 멍은 루크의 목검을 맞아서 생긴 것들이다.

"위치가 절묘하지 않나요?"

그러고 보니 멍자국들을 살펴보면 일정한 규칙이 있었다.

정확히는 각자가 사용했던 비전의 마나 운용 경로와 정확히 겹쳐 있었던 것.

그들은 그제야 깨달았다.

"루크가 목검으로 때리면서 동시에 우리의 마나를 인도하고 있던 거라고?"

루크의 시범을 통해 동작을 익히는 동시에, 녀석의 검이 각 비전에 맞는 마나 운용 경로를 알려 준다.

그걸 2주간 반복하면서 자연스럽게 비전이 몸에 익혀진 것이다.

"그런 말도 안 되는 훈련법이 가능한 겁니까?"

"루크는 원래부터 말도 안 되는 놈이긴 하니까."

거기에 엘린이 설명을 덧붙였다.

"우리가 마나홀에서 마나를 가득 채웠고, 그걸 제대로 꺼내 쓴 덕분이기도 하겠죠."

그들은 루크가 했던 말을 떠올렸다.

마나의 운용은 의지의 영역이고, 그러기 위해선 강하고 구체적인 의지가 필요하다고.

루크에게 한 방이라도 먹이겠다는 의지 덕분에, 그들은 자신들이 쌓은 마나를 십분 활용할 수 있었던 것이다.

그들은 고개를 끄덕였다.

"그냥 화풀이로 패는 건 줄 알았는데, 그런 깊은 뜻이 있었다니."

"그러게요."

"그럼 이것도 수련이라고 생각하고 감사하게 받아야겠네."

"그렇긴 한데……."

그들은 입술을 잘근잘근 씹었다.

물론 루크에게 고맙기는 했다.

방법이 과격해도 어쨌든 결과만큼은 확실한 수련을 시켜주고 있었으니까.

하지만 그렇게 넘기기엔 루크가 때린 곳들이 너무나 욱신거렸다.

"솔직히 루크를 하루만이라도 부려 보고 싶지 않냐?"

"고작 하루요?"

테오 사단의 눈에선 불꽃이 활활 타올랐다.

"근데 어떻게 그 자식한테 한 방을 먹이지?"

"소매에 모래라도 숨기고 있다가 뿌릴까요?"

"그건 너무 치사하지 않냐?"

"치사하다니요. 슈넬덴에 '치사'가 어디 있습니까? 이 공자님도 무슨 수를 써도 된다고 하셨습니다."

"하긴."

그들은 누가 먼저랄 것 없이 바닥에 있던 모래를 주섬주섬 주워 들었다.

그 모습을 누군가 멀리서 흐뭇하게 지켜보고 있었다.

'저놈들 독기 보소.'

루크는 하마터면 저들의 모습을 보고 웃음이 터질 뻔했다.

무슨 수를 써서라도 목적을 이루겠다는 저 모습이야말로 슈넬덴다운 모습이었으니까.

'하지만 안타깝게도 그 수가 읽혀 버렸네.'

가문의 어른으로서 한 가지 가르침을 더 줘야 할 것 같았다.

이기기 위해서 무슨 수를 써도 되지만, 일단 그 수가 읽혔다면 더 큰 화가 들이닥치리라는 것을.

황색 마탑의 프라임급 마법사 부르고.

그는 탑주의 말을 전달하기 위해 마나홀로 가는 중이었다.

그런 그의 표정은 잔뜩 구겨져 있었다.

최근 탑주의 행동이 이해가 되지 않았기 때문이다.

'어째서 그들에게 마나홀을 내주신 거지?'

여기서 '그들'은 얼마 전 자신이 납치해 왔던 슈넬덴의 기사들을 말하는 것이다.

최근 그들은 정기적으로 마나홀에서 수련을 하고 있었다.

마나홀이라는 신성한 곳에 검을 찬 기사들이 드나들다니.

그의 상식으로는 있을 수가 없는 일이었다.

그런데 그걸 허락한 사람이 무려 탑주였다.

'아무 이유 없이 그런 선택을 내리실 분은 아닌데.'

그는 설마 그녀가 루크와의 내기에서 졌을 거란 생각은 하지 못했다.

'혹 코넬리오라면 모를까, 다 쓰러져 가는 슈넬덴에 잘 보일 필요도 없고.'

슈넬덴이 부활하고 있다는 소문을 언뜻 듣긴 했지만, 그렇게 신빙성이 가지는 않았다.

그는 탑주와 함께 몰락한 슈넬덴의 모습을 직접 보았다.

노던마저 빼앗겨 버린 슈넬덴. 그리고 가문이 그 지경이 되었는데도 여전히 정신을 못 차리고 도박에 빠져 있던 첫째 공자.

그런 문제 많던 가문이 몇 년 만에 부활하리라고는 쉽게 생각할 수 없었다.

차라리 황탑주가 사실은 초대 마법사가 만든 호문쿨루스라는 헛소문이 더 신빙성이 있을 것이다.

'안 되겠어. 내가 직접 그놈들에게 따지든가 해야지.'

부르고는 그렇게 마나홀로 들이닥쳤다.

그리고 그가 마나홀에서 가장 처음 본 모습은…….

"그깟 허접한 모래에 내가 당할 줄 알았냐?"

"으악!"

"수를 읽혔으면 처맞아야지!"

"으아악!"

"비명이 찰지니까 한 번 더!"

"끄아아악!"

목검을 든 루크가 진검을 든 나머지 셋을 마구 두들겨 패는 광경이었다.

그냥 두들겨 패는 게 아니었다.

밀가루 반죽이라도 하듯 구석구석 다져 버리는 모습에 눈살마저 찌푸려졌다.

도대체 지금 저게 뭘 하고 있는 걸까?

그 궁금증에 대한 답변은 루크 쪽에서 나왔다.

"나도 너희를 때리는 게 마음 아프지만, 이게 다 수련을 위한 거니까 꾹 참고 해낼게."

저게 수련이었구나.

부르고는 그 말을 듣고서 더 당황했다.

한쪽에선 숨겨 둔 모래를 뿌리거나 뒤에서 공격하는 등 온갖 비겁한 수를 다 동원하고 있고, 그 반대에서는 그걸 다 피해 가며 상대를 두들겨 패는 장면.

이걸 보고 누가 수련이라고 생각할 수 있겠는가.

그러나 그 모습을 지켜보는 부르고의 눈이 점점 커졌다.

그의 시선이 향한 곳은 루크가 아닌 테오 사단이었다.

'저 녀석들이 저렇게 강했던가?'

아니었다.

분명 얼마 전만 하더라도, 자신 혼자서 세 명을 손쉽게 제압했었다.

하지만 지금 다시 한다면 그럴 수 없을 것 같았다.

물론 다시 붙는다고 해서 지지는 않겠지만, 한 명 정도는 놓칠 수도 있을 만큼 저 녀석들은 강해졌다.

고작 몇 주 만에 어떻게 저렇게 바르게 성장한 것일까?

'마나홀에서의 수련 때문에?'

그럴 리가 없었다.

마나홀의 힘은 자신이 가장 잘 알고 있었다.

분명 정순한 마나를 쌓는 데 도움을 주지만, 저들처럼 모든 방면에서 급속도로 성장시켜 주는 만능 수련법은 아니었다.

그렇다면 저 무식한 수련 덕분일까?

무엇 하나 확신할 수가 없었다.

'슈넬덴의 모두가 저렇게 성장하고 있는 건가?'

만약 그렇다면 슈넬덴의 부활이라는 게 마냥 헛소문은 아니라는 생각이 들었다.

"커억!"

그때 마지막으로 남아 있던 녀석이 숨넘어가는 소리를 내며 쓰러졌다.

세 명을 기절할 때까지 패 버린 장본인, 루크는 그런 그들을 보며 혀를 찼다.

"고작 그런 걸로 나한테 한 방 먹일 생각을 하다니. 아직 한참 멀었다."

그리고는 부르고 쪽으로 고개를 돌렸다.

부르고는 괜히 흠칫 놀랐다.

루크 일행에게 한바탕 따지겠노라 했던 결심이 조금은 흔들렸다.

"무슨 일이야?"

"탑주님의 말씀을 전하러 왔습니다."

"오! 연구가 끝났나 보네."

루크는 방금 전까지 세 명을 두들겨 패던 살벌한 표정은 온데간데없이 해맑게 웃었다.

부르고는 그 모습이 왠지 더 소름 끼쳤다.

"지금 바로 가 봐야겠다. 아, 참."

루크는 마나홀을 나가려다 말고 몸을 돌렸다.

"이봐."

"예?"

부르고가 반자동으로 대답했다.

"괜찮으면 저놈들 좀 숙소까지 데려다줄래?"

"숙소까지요?"

"너, 쟤들 납치할 때 쓴 마법 있잖아. 그거 쓰면 금방일 거 아니야?"

"그렇긴 한데……."

"왜, 싫어?"

루크의 표정이 굳자 부르고가 화들짝 놀랐다.

"아, 아뇨. 데려다 놓겠습니다."

"고마워."

루크는 언제 그랬냐는 듯 생긋 웃고는 마나홀을 나가 버렸다.

"……끄르륵."

옆에서는 테오 사단의 숨넘어가는 소리가 들려왔다.

"내가 배달부 노릇이나 해야 하다니."

부르고가 스태프를 가볍게 두드리자, 땅이 울렁거리며 그들을 집어삼켰다.

그때 루크가 다시 고개를 불쑥 내밀었다.

"걔들 좀 다쳤으니까 최대한 조심히 옮겨 줘."

"예?"

"혹시라도 옮기는 과정에서 다치면 내가 마음이 아플 것 같아."

루크는 눈을 찡긋하고는 정말로 마나홀을 나갔다.

"저 미친놈……."

부르고도 그렇게 말하고 마나홀을 나갔다.

그를 따라서 땅이 움직였다.

아주 조심스럽게.

⚜

탑주의 방으로 들어가자마자, 이리저리 놓여 있는 연구 장비들이 가장 먼저 눈에 들어왔다.

심지어 한쪽에는 완전히 분해된 흑요석도 보였다.

'저건 어떻게 한 거지? 내가 뭔 짓을 해도 안 부서지던 건데?'

저걸 부수려다 실수로 폭발을 일으키는 바람에 한스가 난리를 치지 않았던가.

그런데 그런 걸 저토록 깔끔하게 분해하다니.

역시 황탑의 연구 장비는 달라도 뭔가 다른 모양이다.

"왔어?"

"네, 이번엔 뭐 좀 발견했어요?"

루크가 내심 희망을 품으며 물었다.

흑요석을 저렇게 만들 정도면 뭐라도 발견했을 테니까.

그러나 그녀의 표정을 보니 자신의 생각이 틀린 것 같았다.

"이 돌을 다 쪼개서 조각들을 일일이 검사해 봤는데, 완전히 처음 보는 구조야."

그녀도 피곤했는지 눈두덩을 꾹 누르며 말했다.

"이거 무슨 단체에서 훔쳐 온 거라고 하지 않았어?"

"흑성교라는 곳에서 만든 거예요."

"도대체 거긴 뭐 하는 곳인데 이런 걸 만든 거지?"

그녀가 저렇게 말할 정도라니.

흑요석에 대한 경계심이 점점 더 커져 갔다.

"저도 정확히는 몰라요. 검은 후드를 쓴다는 것과 코넬리오 쪽과 연관되어 있다는 것 정도만 알지."

"흐음, 그럼 이걸 코넬리오 쪽에서 사용할 수도 있겠군."

루크가 걱정하는 것도 그것이었다.

그렇지 않아도 슈넬덴과 전력 차가 많이 나는 코넬리오에서 흑요석까지 사용한다면?

어쩌면 슈넬덴이 예전의 힘을 되찾더라도, 코넬리오를 이기지 못할 수도 있었다.

그렇기에 자신들도 흑요석을 이용하든, 아니면 흑요석을 무력화시키든, 둘 중 하나를 반드시 해야 하는 것이다.

"그럼 뭐 알아낸 게 하나도 없는 거예요?"

"날 뭘로 보고."

그녀는 글자가 빽빽한 노트들을 가리키며 말했다.

자신이 한스와 연구했을 때보다 몇 배는 많아 보이는 양이
었다.

역시 흑요석을 황탑으로 가지고 온 건 옳은 선택 같았다.

"구조는 처음 보는 거지만, 성질 자체는 마정석과 비슷했
어."

"마정석요? 하지만 이건 기사가 썼는데요?"

마정석은 말 그대로 마나를 품고 있는 돌이었다.

그 안에 있는 마나는 간단한 기술만 익히면 언제든 뽑아서
쓸 수 있는 덕분에, 마법사들 사이에선 비상용 마나 공급기
로 애용되는 물품이기도 했다.

다만 기사들은 자신의 코어에서 정제된 마나를 사용해야
했기에, 마정석을 쓰는 일은 거의 없었다.

"그게 이 돌의 구조가 특이하다는 이유야. 이 돌은 마정석
이랑 달리 사용자의 마나와 딱 맞는 마나를 공급해 주거든.
그리고 사용자의 의지에 따라 마나 흐름도 조절해 주고."

"그럼 그걸 우리가 쓸 수도 있어요?"

"이걸 사용하려면 코어에 박아 넣어야 한다고 했지?"

"맞아요."

"그렇게 쓰는 거라면 추천하고 싶지 않아."

루크의 표정이 어두워졌다.

안전하기만 하다면 일단 자신부터 흑요석을 박아 넣으려
했었다.

어쨌거나 쉽고 빠르게 강해질 수 있는 수단이었으니까.

"특별한 이유가 있어요?"

"일단 이게 코어에 박히면 다시 꺼내기는 힘들 거야."

"강해질 수만 있으면 그런 거 열 개씩 박고 다녀도 되는데."

"문제는 그다음이야."

그녀가 흑요석을 향해 마나를 조금 방출했다.

쏴아아아.

그러자 흑요석이 그 마나를 모조리 빨아들였다.

마나를 증폭시켜 주는 기존의 효과와는 전혀 반대되는
모습.

루크도 깜짝 놀랐다.

"어떻게 된 거예요?"

"내가 흑요석 안에 있는 마나를 전부 빼 뒀거든."

그녀는 이런 반응을 예상했다는 듯 미소를 지었다.

"이 돌 안에는 방대한 마나가 농축되어 있어. 그 효율이
워낙 좋아서 당장 소진될 일은 없겠지. 하지만……."

"그게 무한하진 않겠죠."

"맞아. 시간이 흘러 흑요석의 마나가 다 소진되고 나
면…… 그때부터는 주변의 마나를 빨아들일 거야. 자신이 가
지고 있던 마나를 전부 채울 때까지."

루크는 흑요석 안에 들어 있는 마나의 양을 가늠해 보았다.

모르긴 몰라도…… 웬만한 기사 수십 명분의 마나를 쏟아

부어도 채우지 못할 정도는 되어 보였다.

이런 하마 같은 녀석이 역으로 사용자의 마나를 빼앗기 시작한다면?

아마 그 주인은 순식간에 미라가 되어 버릴 것이다.

이건 아주 심각한 리스크였다.

'하긴 리스크도 없이 그런 사기적인 능력을 발휘한다는 게 말이 안 되긴 했어.'

자신 역시 쉽게 강해질 수 있다는 생각에 잠깐 혹했던 것이다.

어쩌면 좀처럼 쉽게 쌓이질 않는 마나를 보며 조급해진 것일지도 모르지.

조급해지면 안 된다고 몇 번이고 되뇌고 있지만, 그게 말처럼 쉬운 건 아닌 것 같았다.

그의 그런 걱정이 크라이스의 눈에도 보였던 모양이다.

"걱정하지 마. 코어에 박는 게 아닌 다른 형태로 사용할 수 있으니까."

"그런 방법도 있어요?"

루크의 눈에 희망의 빛이 서렸다.

"당연하지. 방법을 모른다면 이 흑요석이 품고 있는 마나를 어떻게 다 빼냈겠어?"

"어떻게 했는데요?"

"직접 보여 줄게."

그녀는 조금 전 자신의 마나를 흡수했던 흑요석 쪽으로 다가갔다.

흑요석은 그녀의 마나를 더 원하는지 불길한 기운을 풀풀 풍겨 댔다.

그녀는 그 흑요석 아래에다 복잡한 마법진을 그렸다.

딱.

스스스-!

손가락을 튀기자 마법진에서 빛이 나오기 시작했다.

그러자 불길한 기운을 내뿜던 흑요석에 금이 가더니, 그 사이로 검은 마나가 스멀스멀 흘러나왔다.

"저건?"

"흑요석이 품고 있던 마나지."

흑요석의 마나가 그녀의 손으로 점점 모여들었다.

휘익.

그녀의 손짓에 그 마나는 다시 그녀에게로 돌아갔다.

그리고 흑요석은 이전처럼 빛깔을 완전히 잃어버렸다.

마치 작동을 정지하기라도 한 것처럼.

루크는 그 모습을 멍하니 바라보고 있었다.

"마정석의 마나를 추출할 때 쓰는 주문을 복잡한 방법으로 개량한 거야."

"그럼 저 주문은 누군가의 코어에 박혀 있는 흑요석에도 적용할 수 있어요?"

그녀가 고개를 끄덕였다.

"뽑아낸 마나를 내가 흡수할 수도 있고요?"

"효율이 좋지는 않겠지만, 일부는 가능할 거야."

"……."

루크는 할 말을 잃어버렸다.

저건 루크가 하고 있던 두 가지 고민을 단번에 해결할 수 있는 방법이었으니까.

먼저 흑요석의 마나를 뽑아낼 수 있으니, 흑요석을 사용하는 상대를 무력화할 수 있었다.

게다가 거기서 추출한 마나를 일부나마 흡수할 수 있기까지 하다니.

'역시 황탑주네.'

기대는 했지만, 이렇게 좋은 방법을 만들어 줄 줄은 몰랐다.

"그런데 저걸 아무나 쓸 수는 있어요?"

"음, 진만 제대로 구축되어 있으면 작동 자체는 쉬워."

그녀의 반응이 조금 애매했다.

루크도 불안한 눈으로 그녀의 대답을 기다렸다.

"문제는 이런 진은 프라임급이라도 쉽게 그릴 수 없다는 거지."

"언제 어디서나 사용할 필요는 없어요. 본가에 그 진을 구축해 놓는 정도면 충분합니다."

애당초 루크가 걱정했던 것도 흑요석을 사용하는 놈들이

작정하고 본가로 쳐들어오는 것이었다.

지금 슈넬덴은 부활에 박차를 가하고 있는 상황.

이럴 때는 최대한 피해 없이 재건에만 집중해야만 했다.

저 마법진이 본가에 구축되어 있다면, 분명 큰 저들을 막는 데에 큰 도움이 될 것이다.

"그것도 가능은 해."

"가능'은' 하다는 건, 문제가 있다는 거군요?"

"맞아. 진을 유지할 축을 만들 재료가 없거든."

어쩐지 일이 너무 쉽게 풀린다 싶었다.

"근데 황탑에 재료가 없어요?"

루크가 눈을 가늘게 뜨며 말했다.

그도 그럴 게 이곳은 제작에 있어서는 최고라 치부되는 황색 마탑.

지금 당장 이 방안에도 대륙에서는 구하기 어려운 재료들이 널려 있다.

그런 황탑에서 재료가 부족하다니.

"보다시피 흑요석의 마나를 추출할 땐 진에 걸리는 부하가 커. 그래서 진을 유지할 축은 특별한 금속으로 만들어야 하지. 그렇지 않으면……."

파캉!

때마침 그녀가 그려뒀던 마법진이 깨져 버렸다.

분명 아주 소량의 마나를 추출했을 뿐인데도 마법진이 견

디지 못하다니.

그녀의 말대로 진에 걸리는 부하가 큰 게 틀림없었다.

"저렇게 되는 거지."

"알겠어요. 그럼 무슨 재료가 필요한 건데요?"

그녀가 곤란한 듯 뺨을 긁적였다.

그리고 천천히 입을 열었다.

"송곳산맥 난쟁이들의 손길을 거친 강철."

난쟁이.

인간들이 대장장이의 종족인 드워프를 부르는 말이었다.

어떤 금속이라도 그들의 손을 거치기만 하면, 가벼우면서
도 튼튼해지고 마나까지 잘 받아들이는 완벽한 금속으로 거
듭났다.

"송곳산맥 난쟁이들이라면 여기서 그리 멀지 않은 곳에 있
지 않아요?"

"맞아. 합금술이 워낙 뛰어나서 예전엔 자주 거래했었지."

"그럼 바로 부탁하면 되겠네요. 뭐가 문제예요?"

"그들은 20년 전부터 금속을 만들어 내지 않고 있거든."

"하……."

한숨이 먼저 나왔다.

어떻게 된 게 일이 쉽게 풀리는 경우가 없는 걸까.

하나를 해결했다 싶으면, 언제나 그렇듯 또 다른 문제가
기다리고 있었다.

'하긴 원래부터 안 될 일들을 내가 억지로 풀어 가고 있는 거니까.'

그래도 그렇지, 하나 정도는 쉽게 풀려 줄 만도 하지 않나?

억울한 마음이 드는 건 어쩔 수 없었다.

"아니, 금속을 팔아서 먹고사는 녀석들이 금속을 안 팔고 어떻게 산대요?"

"그들이 일방적으로 통보한 거라 이유는 정확히 몰라."

크라이스는 어깨를 으쓱했다.

"그 녀석들 말고도 우리한테 금속을 공급할 난쟁이는 많아서 금방 잊히기도 했지. 그 녀석들이 만든 것보다는 질이 조금 떨어져도 가격은 훨씬 싸니 우리로서도 손해가 아니었고."

"그래도 그간에 거래한 의리가 있지, 자본주의에 찌든 사람들."

"네 입에서 나올 말은 아닌 것 같은데?"

"……."

루크도 그 부분에서 할 말이 없었다.

"이제 어쩐다."

일단 진을 구축하기 위해선 최상급의 강철이 필요했고, 그 조건에 맞출 수 있는 난쟁이는 송곳산맥 일족이 유일했다.

문제는 그들이 무슨 이유에서인지 더 이상 금속을 생산하지 않고 있다는 것이다.

척 보기에도 험난한 여정이 예상되었다.

그래서 포기할 거냐고?

'그럴 리가 있나!'

크라이스가 만든 마법진이 있어야 슈넬덴이 온전히 재기에 힘을 쏟아부을 수 있었으니까.

그래, 가문을 위해선 목숨 빼고는 다 내놓을 각오를 하지 않았던가.

그깟 난쟁이들쯤이야 대화로 설득하든 잡아 족치든 해서 금속을 내놓게 해야만 했다.

결정을 내린 루크는 크라이스를 보며 말했다.

"내가 가서 그놈들을 만나 봐야겠어요."

"어려울걸."

"왜요?"

"난쟁이들이 인간에게 감정이 좋지 않아."

"이종족이 인간을 좋아하는 거 봤어요?"

"뭐, 그뿐만이 아니긴 한데……."

"됐어요. 난쟁이들 구슬리는 건 자신 있으니까."

빈말이 아니었다.

실제로 200년 전, 마룡 토벌전 때 그들을 연합군에 합류시키는 데 지대한 역할을 했던 이가 바로 루크였으니까.

그들을 구슬릴 만한 방법도 알고 있었다.

"자신감은 좋네. 어떻게 하려고?"

"일단 배고픈 녀석들이랑 이야기하기 위해선 밥부터 먹여야겠죠."

"지원 물자라도 보내게?"

"네, 20년 동안 거래가 없었으면 꽤 많은 물자가 필요하겠네요."

"그렇긴 하지. 그런데 물자는 어떻게 구할 건데?"

루크는 대답 대신 그녀를 물끄러미 쳐다봤다.

그녀는 그 눈빛을 애써 피했다.

"아, 물론 이건 가져가겠다는 건 아니에요. 빌리는 거지."

"정말로?"

"누굴 양아치로 아시나."

그녀가 고개를 끄덕였다.

그녀가 1천 년을 넘게 살면서 양아치를 딱 두 번 봤는데, 지금의 루크가 두 번째였다.

첫 번째는 당연히 200년 전의 루크였다.

"오르겐 상단 명의로 달아 놓을게요."

루크는 오르겐의 전표를 꺼내며 말했다.

이 정도로 해 주지 않으면 그녀의 경계의 눈빛을 풀 수 없을 것 같았기 때문이다.

'이것도 다 투자라고 생각하자.'

다행히 전표를 보자 그녀도 안심하는 것 같았다.

"뭘 준비해 주면 돼?"

"일단은 보름 치 식량 정도면 되겠네요. 필요하면 추가 요청도 드릴 수 있고요."

"알겠어."

"아, 그리고 좋은 술도 잔뜩 실어 주세요."

크라이스가 놀란 눈으로 바라봤다.

"난쟁이들과 친해지는 방법을 잘 알고 있구나?"

토마 이후 난쟁이들은 인간과의 교류를 극히 줄였다.

그렇기에 난쟁이들에 대한 정보도 인간들 사이에선 거의 사라졌다.

그런데 난쟁이는커녕 사람을 상대한 경험도 거의 없을 10 대 소년이 이런 잊힌 지 오래된 정보를 알고 있다니.

'대체 저 안에 뭐가 들은 건지.'

궁금증이 끊이질 않는 녀석이었다.

"간접 경험이 풍부한 덕분이죠."

"근데 조심하는 게 좋을 거야. 녀석들과 술로 친해진다는 건 생각보다 쉽지 않거든."

"물론이죠. 그런 의미에서 부탁드릴 게 있는데요."

루크의 눈이 음흉하게 빛났다.

그걸 보자 크라이스는 괜히 불안해졌다.

'분명 부탁이라고 했어.'

부탁이라고 콕 집어서 말한 걸 보면, 또 뭔가 곤란한 걸 말할 테지.

그리고 그녀의 예감은 틀리지 않았다.

"……."

루크는 그녀의 귓가에 뭔가를 속삭였다.

그녀는 질렸다는 얼굴로 루크를 쳐다봤다.

"……그런 게 있다는 건 또 어떻게 안 거야?"

"이것도 선조의 책에서 봤죠."

"거짓말."

"정말인데요. 파르시움 전투 승전 파티 때 탑주님께서 취해서 선조에게 행패를 부린 이후, 그걸 후회하시면서 만들었……."

"그만!"

크라이스는 소리를 꽥 질렀다.

귀까지 붉어진 걸 보면 많이 당황한 모양이다.

"그놈은 뭐 그런 것까지 적어 놔?"

"워낙 꼼꼼하셨던 분이라 그렇죠."

"꼼꼼하기는 무슨……!"

"어쨌든 주실 거죠?"

루크가 씩 웃으면서 말했다.

"알겠어. 알겠다고."

크라이스는 다시 한번 확신했다.

저놈은 확실히 양아치가 맞다고.

그리고 자신은 그 양아치에게 확실한 약점을 잡혔다고.

며칠 후.

"휴우."

"하아."

"으어."

테오 사단은 아침부터 깊은 한숨을 내쉬었다.

퀭한 눈이며 축 처진 어깨는 그들의 감정 상태를 잘 말해
주고 있었다.

그 이유야 간단했다.

오늘도 마나홀로 가야 했기 때문.

그곳에서 루크에게 흠씬 두들겨 맞을 예정이었다.

물론 이게 자신들에게 매우 도움이 되는 수련이라는 건 알
고 있었다.

하지만 매일같이 온몸을 두들겨 맞아 피멍이 들다 보면,
그 좋은 수련도 겁이 날 수밖에 없었다.

특히 수련하러 가기 직전이 그 두려움이 가장 커졌다.

몸이 거부반응을 일으켜 다리가 움직이지 않을 정도로.

"오늘만 좀 안 맞았으면 좋겠다."

"이틀 전에 산 연고가 벌써 다 떨어졌습니다."

브리데커가 텅 빈 연고 통을 흔들며 말했다.

"그냥 우리…… 하루만 쨀까?"

테오가 속닥거렸다.

그 말에 브리데커와 엘린의 귀가 쫑긋거렸다.

하지만 이내 고개를 저었다.

"감당 못 할 소리는 하지도 마십쇼."

"아마 오늘 쨀면 내일 두 배로 맞을걸요."

"하긴……."

오늘 좋자고 수련을 가지 않았다가는 그다음 날 루크와 함께 두 배로 더 굴러야 할 것이다.

"내가 괜한 소리를 했네."

테오는 고개를 훌훌 저으며 숙소 문을 열었다.

그리고 숙소 앞에 서 있는 루크를 보았다.

"히익!"

테오가 숨을 들이켰다.

'혹시 들었나?'

그 생각이 퍼뜩 들었다.

만약 저 녀석이 자기 말을 들었다면?

　

　－오늘 쨀 생각을 했어? 그렇게 약하면서? 좋아. 내가 쨀 수 있을 만큼 강하게 만들어 주지.

　

루크가 할 말부터 그 뒤에 날아올 응징의 목검까지 머릿속에서 자동 재생되었다.

"때마침 잘 나왔네."

루크의 반응을 보니 다행히 그 말을 듣지 못한 것 같았다.

그런데 그런 루크의 옆에 웬 마차 대열이 보였다.

"이 마차들은 다 뭐야?"

"뭐긴 뭐야, 사절단의 물품이지."

루크의 대수롭지 않은 대답은 그들을 더욱 당황하게 했다.

"사절단이라니? 갑자기 무슨 사절단이야?"

"별거 아니야. 그냥 인간 대표로 난쟁이들을 만나러 갈 거거든."

"아, 진짜 별거 아닌…… 뭐라고? 넌 도대체 무슨 짓을 벌이고 다니는 거야?"

"무슨 짓이라니, 그냥 궁핍해진 난쟁이들에게 인도주의적 차원에서 지원을 가려는 것뿐인데."

"인도주의? 네가?"

찌릿.

루크의 눈총에 테오는 바로 꼬리를 내렸다.

"아무튼 우리는 송곳산맥으로 갈 거야."

"아니, 아무리 그래도 이렇게 갑자기? 일이 이렇게 커지면 나중에 아버지께는 어떻게 말하려고?"

"잔말 말고 타. 오늘 수련하기 싫다며."

"……그것도 들었어?"

설마설마했는데, 루크가 다 들은 모양이다.

아무리 그래도 숙소 안에서 한 말이었는데, 어떻게 저렇게 정확히 알고 있는 것일까.

독심술에 이어 도청 장치까지 사용하는 건 아닌지 의심이 들었다.

도박장에서 보여 준 솜씨를 생각해 보면 충분히 가능성 있는 이야기였다.

"지금 당장 마나홀로 가서 강도를 두 배로 올려서 수련할지, 아니면 이대로 편안하게 마차 타고 인간 대표가 될지 결정해."

이미 답은 나와 있었다.

테오 사단은 루크의 말이 끝나기도 전에 마차에 올라탔다.

그 동작은 루크와 대련을 할 때보다도 더 빠른 것 같았다.

'이런 걸 보면 추격전 훈련을 시켜도 좋겠네.'

루크는 테오 사단이 들었다면 기겁할 생각을 하며 마차에 올라탔다.

마차가 출발하고 한나절쯤 지났을까.

그들의 눈앞엔 하늘을 향해 치솟은 뾰족한 산이 나타났다.

하늘을 찌를 듯한 봉우리를 보니 어째서 저곳의 이름이 송곳산맥이라 불리는지 알 것 같았다.

"그런데 저런 산을 마차가 올라갈 수가 있어?"

테오가 그런 의문을 가질 정도로 산의 경사는 가팔랐다.

가뜩이나 마차에 실은 짐도 많으니, 말이 저 경사를 올라가긴 어려울 것이다.

"괜히 황탑의 마차겠어?"

"그게 무슨 소리야?"

"보면 알아."

마차가 확 기울어졌다. 이제 막 경사를 올라간다는 의미.

그러나 예상과 달리 말은 너무나도 쉽게 마차를 끌고 올라갔다. 마치 평지를 달리기라도 하듯이.

"이게 어떻게 된 거야?"

"마차 전체에 경량화 마법이 걸려 있는 거야."

"마법이라는 건 진짜 편하구나."

"다른 마탑에서는 이 정도로는 효율을 못 내. 황탑은 이런 데 특화된 곳이라 가능한 거지."

그렇기에 루크는 황탑과 우호 관계를 유지하려는 것이었다. 황탑의 기상천외한 물건들은 슈넬덴의 부활에 촉진제가 될 테니까.

루크가 그런 생각을 하고 있는 사이, 어느새 마차는 송곳 산맥의 중턱까지 올라갔다.

"이제 난쟁이들의 성이 보일 겁니다."

마부의 말에 그들은 밖을 내다보았다.

"와……!"

그들의 입에선 감탄이 흘러나왔다.

산 중턱에 견고한 성이 자리 잡고 있었다.

규모도 작고 화려하지는 않을지라도 마치 돌산처럼 단단함이 느껴지는 성벽.

괜히 난쟁이의 손을 황금의 손이라고 비유하는 게 아니었다.

하지만 가까이 다가갈수록 뭔가 이상한 점들이 눈에 들어오기 시작했다.

"근데 왜 이렇게 조용한 거야?"

"그리고 이건 무슨 냄새고."

조용한 건 둘째치더라도, 성 안쪽에서는 썩은 내가 풀풀 풍겨 나왔다.

그뿐만이 아니었다.

"성벽 상태도 안 좋은데요?"

"이가 다 나갔습니다."

"성문도 너덜너덜한데? 루크, 이게 어떻게 된 거야?"

"……."

루크의 눈빛이 점점 불안감으로 물들어 갔다.

이 장면이 왠지 익숙했기 때문이다.

자신이 죽음에서 눈을 뜨고 처음 본가를 둘러보았을 때.

가문이 망했음을 직감하고 오열했던 그때가 떠올랐다.

심지어 지금 보이는 모습은 슈넬덴 때보다 훨씬 더 심각해 보였다.

'설마 이놈들, 벌써 다 망한 거야?'

이러면 일이 훨씬 더 복잡해진다.

대화를 하든, 설득을 하든…… 정 안되면 두들겨 패든.

상대가 있어야 하는 거 아니겠는가.

그 상대가 이미 망해 한 명도 남아 있지 않으면, 크라이스 가 말했던 강철을 구할 방법이 전혀 없었다.

'제발 그것만은 안 되는데.'

루크의 그런 간절한 기도를 들어준 것일까.

"멈춰라!"

아무도 없는 줄 알았던 망루에서 우렁찬 목소리가 들려왔 다.

"누군지 정체를 밝혀라!"

루크는 그 목소리의 주인공을 확인했다.

그의 바람대로 그곳엔 다부진 난쟁이가 서 있었다.

Chapter 5

"누군지 정체를 밝혀라!"

"우리는 르세임에서 왔습니다."

루크의 대답에 드워프가 고개를 갸웃했다.

"르세임? 인간들이 여긴 무슨 일이지?"

"오랜 이웃의 근황이 궁금하여 온 것뿐이죠."

드워프들은 의리를 매우 중요시한다.

그렇기에 입에 발린 말이라고 하더라도, 의리나 정을 언급할 때 그들은 호의적인 반응을 보인다.

그래서 루크도 과거에 그들과 교류할 때, 이 방법을 자주 써먹었다.

분명 그랬는데…….

"역시 인간들은 가증스럽구나. 너희들의 값싼 동정 따위는 필요 없으니 돌아가라!"

"엥?"

전혀 예상하지 못했던 반응이 돌아왔다.

'이럴 리가 없는데.'

저놈들이 200년 사이에 뭔가 달라진 게 있는 건가?

루크는 한 번 더 시도해 보기로 하였다.

"이웃이 안부 차 여기까지 왔으면 이야기라도 좀 들어 봐야 하는 거 아닙니까?"

"너희가 한 짓을 알고도 드워프와 인간을 이웃이라 할 수 있느냐? 그저 거래 때문에 억지로 얼굴을 보아온 사이일 뿐이지!"

그 드워프의 말투에선 적개심이 뚝뚝 묻어났다.

자신이 모르는 사이에 인간과 난쟁이들 사이에 무슨 전쟁이라도 있었던 걸까.

"쟤들 왜 저래? 언제 인간이랑 싸운 적이라도 있어?"

루크는 그나마 외부 상황에 가장 해박한 브리데커에게 물었다.

"대부분 난쟁이들은 마룡과의 전쟁 때 큰 타격을 입어 자연스럽게 세력이 약해진 걸로 압니다. 인간과 별다른 마찰은 없었습니다."

"그럼 뭐가 문제야?"

뭐가 됐든 감정적인 방법으로 풀긴 그른 것 같았다.

그래도 일이 완전히 어그러진 건 아니었다.

인간이든 난쟁이든 돈 앞에서는 굴복할 수밖에 없는 법.

자신들은 깊은 감정의 골까지 다 메울 수 있는 물자를 들고 왔지 않던가.

"지금 송곳산맥 일족의 사정이 어렵다 들었습니다. 어려울 땐 서로 돕고 사는 것이 이웃 간의 정……."

"그건 너희가 알 바가 아니다."

아니, 근데 저놈은 예의를 빵에 발라 먹었나, 사람이 말하는 데 끊어 먹다니.

그리고 아까부터 반말을 찍찍해 대는 것도 마음에 들지 않았다.

예전 난쟁이들은 호탕하긴 해도 싸가지가 없지는 않았었는데.

'쯧쯧, 하여간 요즘 것들은 인간이나 난쟁이나 버릇없긴 마찬가지야.'

루크는 혀를 차며 마부들에게 신호했다.

촤악-!

마부들은 일제히 마차의 천막을 걷었다.

마차 안에 가득히 들어찬 물자들이 보이자, 드워프의 눈이 잠깐 멍해졌다.

마른침을 삼키는 것인지, 울대가 꿈틀거리는 것까지 보였다.

저 녀석의 반응만 봐도 알 수 있었다.

지금 저 안의 사정이 얼마나 열악한지.

평생 돈 걱정 없이 살아가는 난쟁이들이 저런 모습을 보일 정도면 말 다 한 거다.

루크는 확신을 가지고 입을 열었다.

"우린 이걸 전해 주러 왔는데도, 네 알 바가 아닌가?"

"그, 그건……!"

"너 혼자서 결정 못 하겠으면 당장 높은 사람에게 물어보고 오지?"

"크흠, 잠깐만 기다려라."

결국 망루에서 드워프의 모습이 사라졌다.

"역시 돈 앞에서는 종족 따질 거 없다니까."

테오 사단은 그 모습을 보며 고개를 절레절레 저었다.

저 사악한 웃음을 보라. 저런 녀석에게서 인도주의라는 말이 나오는 것부터가 얼마나 어불성설인지.

"아, 참. 그것부터 마셔 두자."

루크는 뭔가 생각난 듯 품을 뒤적거렸다.

그리고는 웬 약병을 꺼내더니 테오 사단에게 건넸다.

"다들 한 잔씩 해."

"이게 뭔데?"

"황탑주가 특별 제작한 약이야."

"황탑주가 제작했다고?"

그 말에 테오 사단의 눈이 빛났다.

황탑의 주인이 만든 약이라니.

뭔지는 몰라도 분명 엄청난 효과가 있을 것이다.

"응, 여명이라는 약이야."

"오오, 여명?"

"이름도 근사하군요. 근데 효과가 뭡니까?"

브리데커가 약병의 뚜껑을 따며 물었다.

"숙취 해소제."

"예?"

"그리고 부가 효과로 주량에도 도움이 될 거야."

"그렇군요, 주량이라……. 근데 이런 걸 저희에게 왜……?"

"묻지도 따지지도 말고 마셔. 다 너희를 위해서 하는 거니까."

그러더니 루크는 약을 한 번에 들이켰다.

테오 사단도 얼떨결에 그걸 따라 마셨다.

"우읍."

"윽!"

마시는 즉시 구토가 나올 것 같은 맛이었다.

사실은 황탑주와 짜고서 자신들을 독살시키려는 게 아닐까 하는 생각마저 들 정도.

그들이 애써 속을 가라앉히고 있을 때였다.

끼이이익.

굳게 닫혀 있던 성문이 열렸다.

그 뒤에는 조금 전까지 망루 위에 서 있던 난쟁이가 있었다.

"너희를 내성까지 들이라는 명령이 있었다."

"당연히 들여야지."

"크, 크흠! 총인원은 몇 명이지?"

"우리 넷에, 뒤에 있는 마부가 전부야."

"들어와라."

마차 대열이 외성을 통과하자 곧 내성이 나왔다.

내성 안으로 들어간 사람들은 당혹감을 감추지 못했다.

난쟁이들은 타고난 손기술로 유명한 종족.

그들의 손을 거친 원석은 순도 높은 금속으로 야금되었고, 그들의 망치가 닿은 장비는 둘도 없는 명기가 되었으며, 그들이 세공한 장신구는 반드시 걸작이 되었다.

그들의 물건은 당연히 인간들 사이에서 비싼 값에 거래되었다.

그렇기에 난쟁이들은 부유하다는 이미지가 사람들의 머릿속에 심어진 것이다.

"근데 여기 난쟁이들 상태는 왜 저래?"

테오는 루크의 귓가에 속닥거렸다.

길거리에 보이는 난쟁이들의 행색은 부유함과는 거리가 멀어 보였다.

차라리 도시 뒷골목의 거지라고 하는 편이 좀 더 잘 어울리지 않을까.

그뿐만이 아니었다.

키가 작긴 해도 다부진 체격은 난쟁이들의 상징과도 같았다.

그러나 이들의 몸은 몇 날 며칠 굶은 사람처럼 피골이 상접한 모습이었다.

"난쟁이들이 부유한 이유는 오로지 금속을 잘 다뤄서잖아."

"그런데?"

"여기 난쟁이들은 수십 년 동안 금속을 팔지 못했대."

테오도 그제야 이해가 간 듯 고개를 끄덕였다.

'그래도 눈빛만큼은 여전히 살아 있어.'

환경이며 몰골이며 모든 게 난쟁이들답지 않았지만, 그래도 눈빛만큼은 여전한 이유가 무엇일까.

모르긴 몰라도 그들에게 어떤 말 못 할 사연이 있는 것이다.

그리고 그 사연은 아마도 그들이 금속을 더 이상 만들지 않는 이유이기도 할 테지.

'이들에게 무슨 일이 있었던 걸까?'

그건 조금 있으면 알 수 있을 것이다.

저 앞쪽에 이 일족의 대표자가 보였으니까.

"송곳산맥 일족의 족장 란투르다."

"루크입니다."

란투르는 루크의 인상착의를 살피더니 묘한 표정을 지었다.

사절단이라고 하기엔 너무 어린 나이 때문에?

그것도 그렇지만 다른 이유가 있었다.

겉으로 보기엔 전혀 강하지 않았으나 그 안에서 느껴지는 미지의 힘…… 마치 엄청난 가능성을 가진 원석을 보는 듯한 느낌이었다.

대장장이로서의 본능 때문일까.

저 녀석 안에 무엇이 있는지 자기 손으로 확인해 보고 싶어졌다.

'흔들리지 말자. 저 녀석 역시 인간일 뿐.'

란투르는 흐트러진 정신을 다잡고 루크를 바라보았다.

"그래서 갑자기 지원 물품이란 걸 들고 나타난 이유가 뭐지?"

"이유랄 게 있습니까? 그저 오랜 이웃이 걱정되어 왔을 뿐이죠."

루크는 주변을 두리번거리며 말했다.

몰골이 초췌한 난쟁이들이 눈에 들어왔다.

"역시 예상대로 사정이 좋지 않은 것 같네요."

"그래서 우리를 돕기 위해 그 물건을 주러 왔다?"

"그렇죠."

"토마 이후 우리를 몰아낼 때는 언제고, 이제 와서 다시 동정의 손길을 내미는 거지?"

"엥?"

루크가 고개를 갸웃했다.

인간들이 난쟁이를 밀어냈다니.

브리데커 말로는 난쟁이들이 큰 타격을 입고 스스로 밀려 나간 거라더니.

'잠깐만?'

기시감이 든다.

마룡과의 전투 이후 버려지는 모습이며, 외부에는 다른 소문이 난 것이며…….

모두 어딘가 익숙한 느낌이었다.

'설마 이것도 멀빈 그 자식이 꾸민 일인가?'

─난쟁이들이 만드는 무기는 마물들을 처치하는 데는 도움이 됐어. 하지만 전쟁이 끝나고 나면? 그놈들이 브리든 제국에 무기를 공급하지 않을 거란 보장이 있나?

─난쟁이의 장비로 무장한 브리든 제국은 우리 두 가문의 힘과도 겨룰 수 있지.

─루크. 난 그런 의심의 싹 따위는 아예 밟아 버리는 편이 낫다고 생각한다.

전쟁 막바지에 녀석이 그런 말을 했던 게 생각났다.

그때 그 말을 심각하게 받아들였다면, 자신이 최후의 순간에 놈에게 당하는 일은 없었을 텐데.

'지금 와서 후회해 봐야 무슨 소용이 있겠냐.'

어쨌든 그놈의 농간으로 난쟁이들은 산속으로 밀려났고, 인간과의 관계는 예전과는 많이 달라져 버렸다.

하지만 그렇다고 해서 모든 게 설명되지는 않았다.

'다른 난쟁이들은 적어도 인간과 거래 정도는 하잖아.'

아예 금속 생산을 중단하고 모든 교류를 끊은 곳은 송곳산맥 일족밖에 없었다.

이들에겐 그것 말고도 다른 사연이 있는 것이리라.

그리고 그걸 알아내는 게 이들과 거래를 트는 길이 되겠지.

'사연을 알아내기 위해서라도 여기서 물러날 순 없는데…….'

루크는 주변을 둘러보았다.

침을 뚝뚝 흘리고 있는 드워프들이 눈에 들어왔다.

그들의 눈은 마차에서 떠나질 못했다.

이어서 그런 그들을 보며 안타까워하는 란투르의 눈빛도 보였다.

아직 희망이 모두 사라진 건 아닌 것 같았다.

"뭐, 알겠습니다. 집주인이 반기질 않으면 별수가 있나요."

루크는 짐짓 아쉽다는 표정을 지으며 물러났다.

그러다 마차를 통하고 두드렸다.

"근데 경사가 워낙 가파르다 보니 이걸 다 가지고는 못 가겠네요."

루크는 마차에서 박스를 하나씩 꺼내기 시작했다.

그러자 란투르의 얼굴이 굳었다.

"지금 뭐 하는 거지?"

"보면 몰라요? 물건 좀 내려놓는 거잖아요."

"그러니까, 그걸 왜 여기에 내려 두느냐 말이다."

"그럼 들고 가다 절벽에서 다 밀어 버릴까요? 그렇게 음식막 버리면 나중에 지옥 가서 다 비벼 먹어야 합니다."

루크는 낄낄거리면서 계속 박스를 내려놓았다.

드워프들은 할 말을 잃은 채로 그 모습을 바라볼 뿐이었다.

"우린 두고 갈 테니까 드시든지, 버리시든지 알아서 하세요."

"감히 우리에게 적선이라도 하겠다는 것이냐? 당장 치워라!"

란투르의 말투에는 살기까지 감돌았다.

당장 상자를 주워 담지 않으면 손에 들고 있는 해머로 머리를 내려찍을 기세였다.

"알았어요. 알았어. 그렇게까지 말하면 어쩔 수 없지, 뭐."

루크는 다시 상자를 주워 담기 시작했다.

그리고 커다란 오크통 하나를 드는 순간.

"어이쿠."

마치 실수인 것처럼 오크통을 바닥에 떨어뜨렸다.

콸콸콸.

오크통 측면에 구멍이 뚫리면서 내용물이 쏟아져 나왔다.

알싸한 냄새가 주변을 가득 채웠다.

드워프들은 직감했다. 저 오크통 안에 든 게 무엇인지.

드워프 중에 코를 감싸는 이 향긋한 냄새를 모르는 이는 없을 테니까.

향만으로도 이게 얼마나 귀한 술인지 알 수 있었다.

보아하니 저런 오크통으로 마차 몇 개를 가득 채운 것 같았다.

꿀꺽!

드워프들이 너도나도 큰소리로 침을 삼켰다.

"아이고, 이를 어째! 아이 귀한 술을 다 쏟았네!"

루크는 진심으로 안타까워했다.

드워프들의 시선은 루크가 쏟아 버린 술에 꽂혔다.

그 술을 보며 탄식까지 흘리는 이도 있었다.

"이렇게 버릴 바엔 차라리 먹기라도 하면 덜 아까울 텐데."

"……."

란투르의 눈이 루크와 난쟁이 사이를 몇 번이나 오갔다.

그걸 본 루크는 속으로 웃음을 지었다.

물론 겉으로는 여전히 안타까운 표정을 짓고서.

"이거 다 버려요? 진짜로?"

"……."

란투르는 여전히 입을 열지 않았다.

그러나 그의 수염이 미세하게 떨리는 게 보였다.

"어휴! 그래, 내가 졌다! 다 버립시다."

스윽.

루크는 다짜고짜 단검을 뽑아 들었다.

검으로 오크통에 구멍을 내려는 순간이었다.

"자, 잠깐……!"

당장이라도 오크통에 박힐 것 같은 검이 딱 멈췄다.

"왜요?"

"아무래도……."

란투르가 말끝을 흐렸다.

주변 눈치가 보이는지, 자꾸만 눈이 여기저기로 움직였다.

"아무래도?"

"그러니까……."

그냥 시원하게 말해도 될 텐데.

어쩔 수 없었다. 답답한 사람이 먼저 나서야지.

"아무래도 음식을 다 내다 버리는 건 벌 받을 것 같죠?"

"그, 그런 것 같군."

비로소 란투르가 고개를 끄덕였다.

"원래 주려고 했던 거니까 가져가세요."

"고, 고맙다."

란투르는 차마 루크의 눈을 보지 못하고, 감사의 인사만
전했다.

"에이, 고맙기는요. 어려울 때 서로 돕고 사는 거죠."

루크 쪽에서 흔쾌히 인사를 받아 준 게 고마울 따름이었다.

그런데 왠지 저쪽에서 유독 '서로'를 강조한 것 같은데…….

'아마 착각이겠지?'

"그럼 이렇게 서로 돕기로 했는데, 기념으로 파티라도 해야 하지 않을까요?"

루크가 능청스럽게 말했다.

"파티라……?"

"여기 사정 보니까 한동안 큰 술판은 못 벌였을 것 같은데."

"그건 그렇지."

쿵!

루크가 커다란 술통을 내려놓았다.

"보다시피 술은 차고 넘칠 만큼 많이 들고 왔습니다. 원한다면 더 가지고 올 수도 있지요."

난쟁이들이 입맛을 다셨다.

난쟁이들과 술을 떼려야 뗄 수 없는 사이.

전쟁이 20년 가까이 지속되었으니 실컷 술을 마셔 본 지도 오래되었을 것이다.

난쟁이들의 시선이 란투르에게 쏠렸다.

족장의 허락을 갈구하는 간절한 시선이었다.

"끄응!"

상황이 이렇게 된 이상, 란투르도 더 이상 버티고만 있을 수는 없었다.

"파티를 열어 준다면야 우리 쪽에서는 고맙지."

"그거 잘됐네요."

루크는 난쟁이들 쪽을 보며 오크통을 열었다.

"족장도 허락했으니, 다들 원하는 만큼 드시죠."

마부들이 기다렸다는 듯 다른 술통을 꺼내 왔다.

난쟁이들은 제각기 술통 주위로 모여들었다.

그리고는 술잔을 채우더니 아무 말도 없이 한 번에 들이켜기를 반복했다.

쾅쾅쾅!

꿀꺽, 꿀꺽!

술을 따르는 소리와 마시는 소리만 가득할 뿐, 말소리는 어디서도 들려오지 않았다.

테오는 황당한 눈으로 그런 난쟁이들을 바라봤다.

"지금 쟤들 뭐 하는 거야?"

"뭐 하긴, 술 마시는 거지."

루크도 자기 술잔을 채우며 말했다.

"파티라고 했잖아. 왜 다들 닥치고 술만 마신대?"

"자존심 때문이지."

난쟁이들은 음식 없이 3주는 버틸 수 있어도 술 없이 30시간은 못 버틴다고 말할 정도로 술을 좋아하는 녀석들이었다.

그런 녀석들이 지난 20년간 술을 실컷 마시지 못했으니,

그 갈증이 얼마나 깊겠는가.

하지만 동시에 인간에 대한 반감 역시도 깊을 터.

인간들이 술을 준다고 당장 헤벌쭉 웃어 주기엔 자존심이 허락하지 않는 것이다.

그 복잡한 감정이 얽힌 결과 이런 기이한 장면이 나오게 되었다.

"그럼 술통 다 비울 때까지 이런 초상집 같은 분위기라는 거야?"

"걱정하지 마. 난쟁이들은 자존심이 강하긴 하지만, 일단 은혜를 입는다면 원수에게조차 답례해야 하는 녀석들이거든."

그 말을 증명하듯, 잠시 후 란투르와 몇몇 드워프들이 그들에게 다가왔다.

그리고는 말없이 잔을 내밀었다.

건배를 하자는 의미 같았다.

짠!

다 같이 술잔을 부딪친 후 술을 한 번에 들이켰다.

식도가 타들어 가는 느낌과 함께 코와 입에서 뜨거운 김이 뿜어져 나왔다.

술이 워낙 독했던 탓에 테오 사단은 하마터면 사레에 들릴 뻔했다.

'저 미친놈들은 무슨 이런 걸 물처럼 마셔?'

그 놀라움이 가시기도 전에 난쟁이들이 다음 잔을 채우더니 또 건배를 권했다.

그사이 다른 난쟁이들이 마부들 옆에 가서 똑같이 술잔을 주고받고 있었다.

테오는 이 상황을 이해시켜달라는 듯 루크를 쳐다보았다.

"방금 말했잖아."

"설마 이게 답례라고?"

"응."

"이게 무슨 답례야. 그냥 술 고문이지."

"술을 나눠 주는 건 이들이 상대에게 호의를 가지고 있다는 의미야. 그러니까 주면 주는 대로 마셔. 술을 거절하거나 게워 내는 행동은 여기서는 큰 무례야."

"……."

테오는 더 이상 투덜거릴 수가 없었다.

그러고 있는 와중에도 란투르가 계속해서 술을 권했기 때문이었다.

잔이 차면 한 번에 마시고, 그리고 다시 그 잔을 채우면 또 한 번에 마시고.

이 말도 안 되는 짓을 얼마나 더 반복했을까.

쿵!

넙죽넙죽 술을 받아 마시던 마부들이 술통에 머리를 처박고 잠들었다.

이 독주를 연거푸 들이켰으니 그럴 만도 했다.

"우웨에에엑!"

어떤 마부는 사흘 전에 먹은 것까지 게워 낼 기세로 토를 했다.

그걸 본 난쟁이들은 작게 혀를 찰 뿐이었다.

'뭐 이런 미친 파티가 다 있어?'

'아니, 최소한 안주라도 좀 주든가.'

'이대로 가다간 무조건 쓰러진다.'

테오 사단은 본능적으로 마나를 순환시켰다.

이걸로 체내의 술기운을 빼내지 않으면, 자신들도 곧 저렇게 될 거라는 걸 알았기 때문이다.

그런데 그 순간 난쟁이들의 차가운 시선이 이쪽으로 꽂혔다.

"뭐, 뭐야? 왜?"

테오가 당황하며 이곳의 정적을 깼다.

그러나 난쟁이들의 눈총은 멈추지 않았다.

뒤에서 루크가 고개를 저었다.

"술기운 빼내는 건 토하는 것보다 더 큰 무례야. 그냥 깡으로 마셔."

루크가 작은 목소리로 속삭였다.

테오 사단은 그제야 루크가 어째서 그 숙취해소제를 줬는지 알 것 같았다.

저 녀석들과 어울리기 위해선 속이 뒤집어질 때까지 깡으로 술통을 비워야 했던 것이다.

"언제까지 이래야 하는데?"

"난쟁이들이 스스로 입을 열 때까지."

루크는 그의 어깨를 툭 치고는 술을 들이켰다.

"걱정하지 마. 술 앞에는 장사가 없으니까."

'그래, 장사는 없겠지.'

'근데 저놈들이 입을 열기 전에 저희가 먼저 쓰러지겠습니다.'

'공자님, 차라리 마나홀에서 수련을 시켜 주세요.'

테오 사단은 눈물을 머금고 루크를 따라 술을 들이켜야 했다.

❦

분명 술통을 열었을 때만 하더라도 해가 떠 있는 낮이었다.

그러나 그 술판은 다음 날 해가 뜰 때까지도 멈추지 않았다.

마부들은 진즉에 빈사 상태가 되어 마차 안으로 옮겨졌다.

난쟁이들 중에서도 곯아떨어진 녀석이 있을 정도.

그 향긋하던 알코올의 향은 이제 맡기만 해도 구역질이 나올 지경이었다.

하지만 그 사이에서도 여전히 술잔을 기울이고 있는 이들이 있었으니, 그건 바로 란투르와 루크였다.

그들은 어제와 똑같은 모습으로 술을 기울이고 있었다.

다만 어제와 다른 점이 있다면…….

"그러니까 인간들이 토마 이후 난쟁이들에게 보상은커녕 무기 대금조차 지급하지 않았다고요?"

"그뿐이겠냐? 우리가 마물들에게도 장비를 대 줬다면서 화로를 빼앗아 가기도 했다니까!"

"와, 그거 완전 개×끼네!"

더 이상 여기는 침묵의 술자리가 아니었다.

이미 거나하게 취해버린 란투르는 자존심 같은 건 버리고 고래고래 소리를 쳐 대고 있었다.

"그래! 그러니까 우리가 인간들을 반기겠냐고?"

"아니죠! 나 같았으면 인간 놈들이 보이는 순간 대가리부터 깨 버렸을 거예요."

"흐하하하하! 대가리를 깨다니, 말 한번 찰지게 하는구먼!"

"이 잔을 은혜도 모르는 인간 놈들 대가리라고 생각하고 건배나 하시죠."

"좋지! 너 진짜 마음에 든다."

잔을 깰 것처럼 부딪치는 란투르와 루크를 보며, 테오는 고개를 절레절레 저었다.

어제까지만 해도 으르렁거리다가 지금은 형제라도 되는 것처럼 건배를 하고 있다니.

나중에 들어 보니 난쟁이들 사이에선 주량이 많을수록 인정받는다고 했다.

그리고 루크와 란투르는 주변과는 차원이 다른 정도의 주량을 보여 주고 있었다.

지금 저들 주위에 널린 술통을 보라.

다른 곳보다 압도적으로 많은 술통이 널브러져 있었다.

테오는 그걸 보는 것만으로도 구역질이 올라왔다.

그건 자기 옆에 있는 난쟁이들도 마찬가지인 모양이었다.

"우읍!"

그들은 올라오는 신물을 막아 내느라 애를 쓰고 있었다.

"자네들 정말 대단하군."

"인간들 중에 이렇게 주도에 트인 자들이 있을 줄이야."

아마 황탑주가 준 숙취해소제가 아니었다면 자신들도 진즉에 마부들과 같은 신세가 되었을 테지.

뭐, 어쨌든 그 덕분에 자신들도 난쟁이들의 인정을 받은 것 같았다.

술을 마시는 내내 한마디도 안 하던 녀석들이 지금은 이렇게 친근하게 말하고 있지 않은가.

"그나저나 저 친구는 더 남다르군."

"그러게. 족장과 술잔을 나눌 수 있는 자라니."

"그럼 루크가 족장의 인정을 받은 겁니까?"

테오의 질문에 난쟁이들이 고개를 끄덕였다.

"저 정도면 친구가 된 거지."

"친구 되는 법도 참 쉽네요."

"저게 쉬워 보이나?"

쉬워 보이냐고?

어, 음…… 생각해 보니 전혀 안 쉬운 것 같았다.

저 술통을 다 비울 바엔 차라리 설산에서 맨몸으로 한 달 버티기를 하고 말지.

짠!

벌컥, 벌컥!

그러는 와중에도 루크와 란투르의 술잔은 멈추질 않았다.

어느새 새로운 술통의 뚜껑이 열렸다.

"근데 인간들에게 밀려난 건 그렇다 치더라도, 어째서 더 이상 금속을 만들지 않는 겁니까?"

루크가 슬쩍 이야기를 꺼냈다.

술잔을 넘기던 란투르의 손이 움찔거렸다.

그러더니 이내 입을 열었다.

아마 술기운이 아니었다면, 인간들에게 이런 말을 하지는 않았으리라.

"그건 더 이상 우리가 화로를 사용할 수 없기 때문이지."

"화로를요?"

난쟁이들은 대장장이의 일족.

그들이 사용하는 화로는 일반적인 대장간의 화로와는 차원이 달랐다.

평범한 불꽃으로는 그들이 다루는 금속을 녹일 수조차 없었으니까.

그렇기에 그들은 화산 안에 직접 화로를 만들어 야금과 제련을 한다.

이 화로는 난쟁이들에게 있어 가장 신성한 곳이었다.

그런 화로를 사용할 수가 없다니.

"설마 마이스터에게 무슨 변이라도 있었던 거예요?"

란투르의 눈이 커졌다.

"인간이 마이스터에 대해서도 알고 있나?"

"여기저기서 주워들은 게 많아서."

마이스터.

일족에서 불과 망치를 가장 잘 다루는 난쟁이에게 붙는 호칭이자, 화로의 수호자라고도 불리는 이였다.

마이스터가 있는 한 화로의 불꽃은 영원하리라.

난쟁이들이 노래처럼 부르고 다니는 구절이 아니던가.

"비슷하지."

"말 참 애매하게 하시네."

란투르는 결국 마지못해 입을 열었다.

"송곳산맥은 본디 진한 화기를 품은 화산이었다. 그러다 후에 북쪽에서 내려온 한기가 산 주위에 서리게 된 거지."

"압니다. 뜨거운 열과 그걸 냉각시켜 주는 한기 덕분에 최고의 화로가 만들어질 수 있었잖아요."

덕분에 송곳산맥 일족의 금속이 그렇게 유명할 수 있었던 것이기도 했고.

"그래. 그런데 그 최적의 환경을 탐내는 존재가 있었다."

"설마?"

"20년 전 한 녀석이 우리의 화로를 차지해 버렸어. 그때 마이스터께서도 큰 부상을 입으셨지."

"아⋯⋯."

루크는 모든 게 이해가 되는 것 같았다.

송곳산맥 일족이 어째서 20년간 금속을 만들지 못했는지.

그리고 어째서 저들의 피폐한 몰골과 달리 눈빛만큼은 살아 있었던 것인지도.

'지금까지 화로를 되찾기 위해 싸움을 하고 있었던 거구나.'

아마 자신들의 힘만으로는 대항하기 힘들었을 것이다.

그렇다고 인간들에게 도움을 청할 수는 없었다.

인간은 이미 200년 전 이미 그들을 배신했던 전과가 있었으니까.

난쟁이들의 평균 수명이 150년 정도 되는 걸 생각해 봤을 때, 그들에겐 그리 오래전의 일도 아니었다.

"화로를 차지한 녀석이 누군데요?"

"⋯⋯."

란투르는 이번에도 선뜻 대답하지 않았다.

그러나 그 대신 다른 쪽에서 대답을 들려주었다.

-크아아아아아앙!

어디선가 소름 끼치는 포효가 들려왔다.

그 소리가 어찌나 컸던지 성 전체가 떨렸다.

"무, 무슨 일입니까?"

"어디서 난 소리야?"

테오 사단도 깜짝 놀라 주위를 두리번거렸다.

하지만 지금 이곳에서 당황하고 있는 건 그들밖에 없었다.

술에 절어 있던 드워프들은 어느새 몸을 일으켰다.

알코올로 흐리멍덩해졌던 눈빛도 어느새 처음 봤을 때처럼 돌아와 있었다.

쉬이이익-!

그들 주위로 아지랑이가 피어올랐다.

절대 주독을 빼내지 않는다는 원칙을 어긴 채 마나를 순환시키고 있는 것이다.

그 모습이 워낙 비장하다 보니, 무형의 투기처럼 느껴질 정도였다.

"화산을 차지했다는 놈이 저 녀석입니까?"

루크의 질문에 란투르가 고개를 끄덕였다.

그리고는 조심스럽게 입을 열었다.

"저건 날개 잃은 드래곤의 포효다."

"날개 잃은 드래곤이라면……."

"맞아. 드레이크지. 그 녀석이 우리 화로에 둥지를 틀었다."

드레이크.

마법을 제외한 드래곤의 거의 모든 권능을 이어받은 아종.

그것만으로도 녀석들은 지상 최강의 포식자 중 한 명으로 군림할 수 있었다.

그런 녀석이 화로에 둥지를 튼 것이다.

란투르는 루크가 이 말을 듣고는 겁에 질릴 거라고 생각했다.

하지만 루크에게는 그게 전혀 다른 말처럼 들렸다.

'그러니까 저 광산 아래에 고급 제작 재료가 있다는 거네?'

루크의 눈은 밤하늘의 별처럼 빛나고 있었다.

흔히 드래곤의 사체는 버릴 게 하나도 없다고 한다.

드래곤의 비늘, 가죽, 뼈, 심지어 마나 하트까지.

모든 게 최상급 제작 재료가 되기 때문이다.

그건 드래곤의 사촌쯤 되는 드레이크에게도 똑같이 적용되는 이야기.

드래곤까지는 아니더라도, 분명 질 좋은 재료들을 덕지덕지 두르고 있을 것이다.

'이걸 일석이조라고 하나?'

강철을 만들어줄 화로도 되찾고, 드레이크의 재료도 얻고.

말 그대로 일석이조였다.

'타이밍이 딱 좋네.'

루크의 입에 진한 미소가 걸렸다.

만약 황탑주를 만나기 전에 이런 일이 있었다면, 드레이크라는 말에 그냥 강철을 구하는 걸 포기했을지도 몰랐다.

당시의 자신은 드레이크를 상대할 만큼 강하지 않았으니까.

'마침 마나홀에서 가득 채운 코어가 있기도 하고.'

우웅—!

루크의 코어가 기분 좋게 울려 퍼졌다.

"저희가 도와줄까요?"

"돕다니?"

"그 도마뱀 놈에게서 화로를 되찾는 일요."

루크의 입꼬리가 위로 올라갔다.

"저희가 이래 봬도 인간 중에서는 꽤 강한 편이거든요. 아마 제법 도움이 될 겁니다."

바로 그때, 어디선가 날 선 외침이 들려왔다.

"어디서 허튼수작이냐!"

그건 란투르가 말한 게 아니었다.

그들 뒤에 흰색 수염을 덥수룩하게 기른 난쟁이가 보였다.

이마에 깊게 팬 주름을 보니 꽤 나이가 든 난쟁이이리라.

그럼에도 꽉 다물고 있는 입은 그의 고집을 말해 주는 것 같았다.

루크의 눈은 늙은 난쟁이의 손으로 눈이 갔다.

웬만한 기사들보다도 깊게 박인 굳은살, 그리고 수많은 화상 자국들.

거기까지만 보더라도 저자가 누구인지 알 수 있었다.

"저분이 마이스터인가 보군요."

"그래, 우리 일족의 마이스터, 타티칸 님이시다."

란투르가 그의 추측을 확인시켜 주었다.

"인사드리죠, 루크라고합니다."

명색이 대장장이의 종족인 만큼 마이스터는 일족 내에서 족장과 비슷한 명망을 갖는다.

게다가 자신들은 화로가 필요한 상황.

일단 화로의 관리인과 좋은 관계를 유지하는 것이 이로웠다.

그러나 타티칸 그 인사를 받아 줄 생각이 전혀 없어 보였다.

"감히 인간이 신성한 화로를 되찾는 싸움에 끼려 하다니. 내가 네놈들의 시꺼먼 속내를 모를 줄 아느냐?"

"시꺼먼 속내라니, 말 참 섭섭하게 하시네."

루크는 어깨를 으쓱하며 말했다.

"당신 말대로 아무 조건 없이 돕겠다는 건 아니긴 한데, 그래도 여기 상황을 보면 우리 도움이 필요해 보이는데요?"

루크는 술기운을 몰아내고 전투를 준비하고 있던 난쟁이들을 가리켰다.

다들 눈빛만 살아 있었지, 몸에 힘은 전혀 없어 보였다.

아마 저들은 이미 한계 상황에 다다랐을 것이다.

이대로 전투가 계속된다면, 결국 저들도 얼마 못 가서 무너지리라.

그러나 타티칸은 그쪽을 제대로 보지도 않고 몸을 돌려 버렸다.

"계속 그렇게 입을 놀릴 거면 여기서 썩 꺼지거라. 그렇지 않아도 인간이 이 성 안에 있는 것만으로도 속이 역하니."

루크는 코웃음이 나왔다.

타티칸이 자기 밑에 있는 녀석이었다면 지금 당장 뒤통수를 후려 버렸을 것이다.

마이스터의 별칭이 무엇인가.

바로 화로의 수호자다.

무슨 일이 있어도 화로를 지켜야 하는 존재란 말이었다.

다른 녀석들은 몰라도 저놈만큼은 원수의 손을 잡는 한이 있더라도, 화로를 되찾겠다는 각오가 있어야 했다.

그저 인간이 싫다는 이유만으로 이야기도 안 들을 게 아니라.

"내가 화로의 수호자였다면 설령 마룡의 도움이라도 받아서 화로를 되찾으려 했을 텐데요."

"뭐라?"

"아직 되찾을 수 있을 때 되찾는 게 좋을 겁니다. 나중에다 잃고 나서 되돌리려면 피눈물 나거든요."

그건 진심에서 우러나오는 조언이었다.

이미 잃어버린 후에 다시 되돌린다는 게 얼마나 힘든지는 그 누구보다 자신이 가장 잘 알고 있었으니까.

그러나 상대가 루크의 그런 깊은 뜻을 알아줄 리가 없었다.

"어린놈의 인간이 뭘 안다고 떠드는 것이냐?"

"이 난쟁이가 못 하는 말이 없네. 어리긴 누가 어리다는 거야?"

둘의 언쟁을 중재한 것은 란투르였다.

"그만하시지요, 마이스터. 너도 그만해라, 루크."

란투르도 어느새 무기를 꺼내 든 상태였다.

"드레이크의 포효가 있었으니 마물들이 언제 몰려올지 모릅니다. 지금은 여기서 이러고 있을 때가 아닙니다."

"쯧! 요즘 인간들은 더 버릇이 없어졌구나."

타티칸은 혀를 차며 성문 쪽으로 가 버렸다.

란투르는 그를 돌려보낸 후, 루크에게 다가와 사과했다.

"미안하다. 마이스터께서는 인간에게 특히 반감이 크거든."

"아닙니다. 인간들의 잘못도 있으니까요."

"어쨌든 네가 도움을 준다는 것에 대해서는 마음만 받도록 하지."

란투르가 진지한 목소리로 말했다.

"네 말대로 우리는 그리 오래 버티지 못한다. 시간이 얼마 남지 않았기에 우리 나름대로 총공세를 준비하고 있지."

"그랬군요."

"이건 우리의 신성한 화로를 되찾기 위한 싸움이니, 인간의 도움 없이 우리끼리 해결하는 게 맞을 것 같다."

루크도 저 마음을 아예 이해하지 못하는 건 아니었다.

아무리 상황이 급해도 될 수 있으면 원수의 도움은 받고 싶지 않은 것이 당연했다.

자신도 망루 확보 때 어떻게든 코넬리오의 도움을 받지 않으려고 발악했었으니까.

란투르까지 저렇게 나온다면 어쩔 수 없었다.

자신이 파악한 그라면, 웬만해선 고집을 꺾지 않을 터였다.

하지만 자신도 이대로 물러설 생각도 없었다.

슈넬덴의 안전을 도모하기 위해선 반드시 녀석들이 만든 강철이 필요했으니까.

덤으로 드레이크에서 나온 부산물들도 챙겨야 했고.

'누가 이기나 해 보자고.'

루크의 눈에 불꽃이 일었다.

테오 사단은 그 불꽃을 알아차렸다.

그리고는 내심 불안해졌다.

루크가 저런 눈이 되었으면 또 무슨 일을 저지를 게 분명했으니까.

"족장의 마음은 이해해요. 드워프들의 화로니까 드워프들끼리 해결해야죠."

아니나 다를까, 루크가 입을 열었다.

"대신 여기서 며칠만 더 머물게 해 주세요. 그 정도는 괜찮죠?"

"머물게 해 달라 고?"

"예, 가파른 산을 오르느라 저희도 많이 지쳐서요. 재정비를 하고 움직여야 할 것 같습니다."

루크는 한껏 과장된 몸짓을 해 가며 말했다.

"저거 황색 마탑의 경량화 마차가 아니던가? 송곳산맥쯤은 거뜬히……."

"아이고! 저기 마차 바퀴가 나간 것 좀 봐. 저걸 탔다가는 금방 절벽으로 떨어지겠네! 그치?"

루크가 테오 사단에게 눈짓했다.

그러자 그들은 일제히 드러누웠다.

"나도 술을 너무 많이 마셔서 그런가 속이…… 우우웁!"

"저는 올라오는 길에 허리를 다쳤습니다."

"저는 손이……."

루크는 그런 그들을 보며 혀를 찼다.

"저래서야 당장 움직일 수가 있나. 여기까지 지. 원. 물. 품. 들을 한가득 싣고 오느라 다들 지친 겁니다. 당분간만 여기서 머물게 해 주시죠."

루크의 간곡(?)한 부탁에 테오 사단의 매소드 연기까지 더해지자, 란투르도 어찌할 도리가 없었다.

"아, 알겠으니까 그만해라."

"그럼 저희가 잠깐 재정비하고 가도 된단 말씀이죠?"

루크가 기다렸다는 듯 말했다.

"휴…… 그렇게 해라. 단, 마이스터의 눈에 거슬리는 행동은 삼가고."

"에이, 걱정하지 마세요. 저희가 있는지도 모를 만큼 조용하게 있을 테니까."

'네가 제일 걱정된다.'

란투르는 그런 루크를 보며 생각했다.

하지만 녀석의 말대로 이미 음식과 술, 물자들을 한가득 받았으니, 그에 대해 답례를 해야만 했다.

그저 저놈들이 최대한 조용하게 있다 가기를 바라야지.

란투르는 남몰래 한숨을 내쉬고는 다시 드워프들 쪽으로 몸을 돌렸다.

"모두들 지정된 위치로 이동해 경계 태세를 취하도록!"

"예!"

난쟁이들이 무기를 챙기고는 성벽 쪽으로 달려갔다.

그리고 광장에는 루크 일행만이 남게 되었다.

바닥을 뒹굴던 테오 사단도 슬며시 일어나더니, 루크에게 다가왔다.

"너 난쟁이들에게 뭘 얻어야 한다고 하지 않았어?"

"근데 실패한 것 같은데, 이제 어쩌죠?"

"누가 실패래?"

그들은 흠칫 놀라며 물러났다.

루크가 사악한 웃음을 지어 보였기 때문이다.

"아직 검도 마법도 모르던 고대의 인간들이, 어떻게 자기보다 빠른 사슴을 사냥할 수 있었는지 알아?"

'난들 알겠냐.'

그들은 속으로 생각했다.

루크는 그런 그들의 속마음을 아는지 모르는지 계속 말을 이어 갔다.

"바로 인간에겐 사슴이 지쳐 쓰러질 때까지 계속 쫓아갈 수 있는 끈기가 있었기 때문이지."

루크의 눈에선 이제 광기마저 비쳐 보였다.

"그니까 저 난쟁이들이 지칠 때까지 여기 죽치고 있자고?"

"그거야."

"그게 언제까지인데?"

"그것도 그렇게 오래 걸리진 않을 거야."

아무리 의지가 굳건하다고 하더라도, 수십 년간 전쟁을 계속하면 누구든 지칠 수밖에 없다.

심지어 저들은 화로라는 자신들의 가장 주요한 수입원을 빼앗긴 채로 지금껏 싸워 왔다.

이제 저들도 슬슬 한계에 치닫고 있었다.

'무엇보다 화로에 있다는 도마뱀, 그 녀석이 존재감을 점점 키우기 시작했어.'

지금껏 난쟁이들이 드레이크에 맞서 잘 싸워 왔다는 건 인정해 줄 수 있었다.

하지만 그건 어디까지나 드레이크가 화로에서 움직이지 않고 있었기 때문이다.

그런데 그런 녀석이 이제 움직일 준비를 하고 있었다.

그에 맞춰 녀석이 통솔하는 마물들도 함께 움직일 테지.

과연 그 공격을 난쟁이들끼리 막아 낼 수 있을까.

물론 저 난쟁이들은 사기가 꺾이지 않고, 녀석에게 맞설 것이다.

세상엔 고집이나 의지만으로 할 수 없는 게 있었다.

아마 그때가 되면 싫어도 그들이 먼저 도움을 청하게 될 터.

'우린 그때까지 기다리기만 하면 되는 거야.'

다행히 그날은 드레이크의 포효만 있었을 뿐, 따로 마물들의 습격은 없었다.

난쟁이들도 지친 몸을 이끌고 거처로 돌아갔다.

그렇게 며칠이 지났다.

성내 주점에서는 작은 소란이 일어났다.

"이건 카멜석이지!"

"에헤이! 이 아저씨가 뭘 모르시네. 이게 어떻게 카멜석이야? 이건 라피스지!"

"어허! 인간 주제에 감히 드워프 앞에서 광석을 논하는 것이냐?"

"이거 쪽팔려서 어떡하나? 드워프가 인간보다 광석을 몰라서야."

루크의 도발에 그 드워프가 벌떡 일어났다.

덩달아 그의 콧수염도 위로 치솟았다.

"지금 이 카리투스에게 덤비겠다는 거냐?"

"이번에도 내기해 볼까?"

"내기?"

"그래, 내기. 조건은 늘 했던 대로."

"……."

내기라는 말에 한껏 치켜 올라갔던 카리투스의 수염이 밑으로 처졌다.

그러자 주변에서는 웃음이 터져 나왔다.

"하하하하! 괜찮겠어? 너 루크한테 내기했다가 직접 담근 술 많이 뺏기지 않았어?"

"맞아. 괜히 얼마 남지도 않은 술 뺏기지 말고 그냥 졌다고 해."

"루크 녀석의 광물 지식은 우리 대장장이들만큼이나 풍부하다니까?"

술을 홀짝이던 난쟁이들이 한마디씩 거들었던 것이다.

"뭐 해? 내기 안 할 거야?"

"그, 그건……."

루크가 눈을 흘겼다.

그 모습이 어찌나 얄미워 보이는지…….

"혹시 쫄려? 그럼 어쩔 수 없고."

"누가 쫄린다고 그래! 나 드워프의 대전사 카리투스야!"

카리투스가 억지로 가슴을 쭉 내밀었다.

"내기해!"

"좋아. 내기 성립. 이봐, 랭코! 확인해 줘."

한 난쟁이가 다가와 광석을 이리저리 살펴보았다.

시간이 지날수록 카리투스의 눈빛이 흔들렸다.

'카멜석이었다면 저렇게 오래 걸리지 않을 텐데…….'

그리고 마침내 랭코가 입을 열었다.

"이건 라피스네. 확실해."

"그렇지!"

"으아아아악! 또 저 녀석에게 당하다니."

카리투스가 손으로 머리를 쥐어뜯었다.

주변에 있던 난쟁이들이 그 모습을 보며 환호했다.

"이걸로 몇 번째야? 우리 일족 최고의 주조꾼이 술을 다
뺏기겠네."

"근데 나도 카멜석으로 봤는데……. 루크 저 녀석은 도대
체 어떻게 광물에 대해서 해박한 거야?"

"모르지. 워낙 특이한 놈이잖아."

한편 테오 사단은 이 상황이 신기하기만 했다.

지금 루크의 모습은 누가 보더라도 같은 일족의 사람들 같아 보였으니까.

루크는 고작 며칠 만에 난쟁이들 사이에 녹아들었다.

하긴 족장과도 몇 시간 만에 죽마고우가 되던 녀석이긴 했으니, 이상한 것도 없었다.

"오늘도 드워프제 술 한 통 벌었다."

루크가 승자의 미소를 지으며 그들에게 다가왔다.

"받을 술 잘 체크해 둬. 나중에 산 내려갈 때 한 번에 받아야 하니까."

"예."

브리데커는 수첩에 받을 술통을 기록해 두었다.

테오는 그 모습을 보며 작게 한숨을 내쉬었다.

"루크, 우리 언제까지 이러고 있는 거야?"

"왜? 벌써 지루해졌어?"

"꼭 그런 건 아닌데. 여기까지 와서 수련만 하고 있으려니까 몸이 찌뿌둥하기도 하고……."

테오뿐만이 아니었다.

브리데커와 엘린도 마찬가지로 좀이 쑤신 것 같았다.

루크는 그런 그들을 보며 웃었다.

'엘린이야 원래 감이 뛰어났다지만, 다른 녀석들도 많이

좋아졌어.'

저 녀석들도 본능적으로 느끼고 있는 것이다.

성벽 너머 광산 아래, 그곳에서부터 꿈틀거리는 위험을.

평범한 기사였다면 겁을 먹었을 테지만, 슈넬덴의 기사들은 달랐다.

강한 상대를 감지하는 순간 몸이 싸워 보고 싶다고 반응하는 것이다.

'그러고 보면 이제 존재감이 노골적으로 드러내긴 하네.'

아마 조만간 녀석이 움직임을 보일 것 같았다.

'아니지, 벌써 똘마니들은 움직이고 있었구나.'

루크는 테오 사단을 보며 말했다.

"마구간으로 가자."

"마구간은 왜?"

"거기 우리 마차를 끌고 온 말들이 있잖아."

미리미리 준비해 둬야 상황이 발생했을 때, 바로 움직일 수 있을 테니까.

※

송곳산맥 일족 족장의 방.

"……이런 일이 있었다고 합니다."

"과하게 잘 지내고 있는 것 같구나."

란투르의 입에서는 웃음이 새어 나왔다.

조용히 있을 거란 기대는 하지 않았다지만, 저렇게나 중심에 서 있을 줄이야.

한편으로는 루크가 대단하기도 했다.

200년 전의 그 사건 이후, 정도의 차이는 있어도 기본적으로 드워프들은 인간에 대해 비우호적이었다.

그건 술과 음식을 나눠 줬다고 해서 한 번에 풀려 버릴 원한이 아니었다.

그런데도 단숨에 일족 사이에 저토록 깊이 녹아들 줄이야.

이야기를 들으면서 놀란 점은 그 녀석의 친화력만이 아니었다.

'어떻게 광물에 대해 저토록 풍부한 지식을 가지고 있는 거지?'

드워프들은 아니면 모를 만한 원석부터 그 제련 방법까지.

루크는 놀라운 수준의 지식을 가지고 있었다.

도저히 10대 인간 소년이라고는 믿기지 않았다.

'역시 재밌는 녀석이라니까.'

란투르도 사실 루크가 마음에 들었다.

분명 자신도 인간을 그리 좋아하지 않았다.

아니, 족장으로 지내다 보니 인간에 대한 원한이 더욱 커질 수밖에 없었다.

저들로 인해 동족들이 얼마나 큰 피해를 입었는지 직접 봤으니까.

그런데 루크는 그런 인간들과는 조금 달랐다.

어째서냐고 묻는다면 이유는 콕 집어서 말할 수가 없었다.

그저 녀석에게서 느껴지는 분위기가 그렇다는 모호한 대답만 나올 뿐.

어쨌든 다른 드워프들도 그걸 느꼈기에 루크가 이토록 빠르게 녹아들 수 있었을 것이다.

그러나 일족 중에서는 아직도 루크를 못마땅하게 생각하는 이들도 많았다.

"젊은 드워프들은 벌써 과거의 일을 잊었다고 하더냐!"

타티칸이 호통을 쳤다.

루크가 잘 지내고 있는 것이 마음에 들지 않았기 때문이다.

"토마 이후 인간들은 우리가 중시하는 의리를 이용해 우리를 산속으로 밀어냈다. 그중에는 신성한 화로를 빼앗긴 동족도 있었지."

그는 목에 핏대를 세우며 외쳤다.

"우리는 그놈들이 저지른 짓을 잊지 않아야 하건만, 어찌 젊은이들은 그 원한을 다 잊은 것처럼 구는 것인지."

"마이스터, 고정하시지요."

보다 못한 란투르가 그를 만류했다.

그러나 그도 화가 머리끝까지 치솟은 타티칸을 말리지는 못했다.

"고정이라 했습니까? 신성한 화로를 빼앗긴 데다가 성에 인간들이 버젓이 돌아다니는 판국인데 고정을 할 수 있어야지요."

타티칸은 분노로 인해 손을 부들부들 떨었다.

"안 되겠습니다. 이대로 인간들이 젊은이들을 타락시키기 전에 성에서 쫓아내시지요."

"내 마이스터의 마음은 깊이 이해합니다. 하지만 저들은 우리에게 술과 음식, 그리고 물자를 내주지 않았습니까?"

란투르는 최대한 점잖은 말투로 대답했다.

여기서 언성을 높였다가는 오히려 상황이 더 나쁜 쪽으로 치달을 테니까.

"빚을 졌으면 반드시 갚는 것 역시 드워프의 전통입니다. 부디 제 명예를 지켜 주시지요."

"저들에게 갚을 은혜가 어디 있다고……."

타티칸이 고함을 치려고 할 때였다.

콰아아앙!

그보다 더 큰 소리가 울려 퍼졌다.

란투르가 급하게 창문을 바라보았다.

커다란 폭음과 함께 성벽 너머로 노란색 연기가 치솟는 것이 보였다.

그걸 본 이들의 얼굴이 새파랗게 질렸다.

저건 정찰대가 비상시에 터뜨리는 소형 폭탄에서 나오는

연기였으니까.

"지금 정찰을 나선 부대가 어디지?"

"1척후단과 5척후단입니다. 위치상 5척후단일 확률이 높습니다."

그 대답에 란투르는 더욱 인상을 찌푸렸다.

척후단은 다른 척후단에 비해 전투력이 약했다.

저들이 위기에 처했다면 마물들을 떨쳐내고 무사히 귀환하기는 어려울 터.

'지금은 인원 하나하나가 귀해.'

드워프들은 보통 수백에서 커봐야 수천 단위의 이들로 이루어진 부족 사회였다.

게다가 20년간 이어져 온 전투로 부족 내 인원은 매우 부족했다.

이런 상황에서 광산 지리에 밝은 척후단은 더욱 귀할 수밖에 없는 자원이었다.

그들을 잃는다는 건 그만큼 화로를 되찾는 시간도 늦춰진다는 의미이리라.

"당장 구원단을 보내도록 하라."

"예!"

란투의 지시가 떨어지자마자 한 드워프가 밖으로 급히 달려 나갔다.

그리고 머지않아 드워프 전사들이 탄 말이 흙먼지를 일으키는 것이 보였다.

이렇게 빨리 구원단이 출동할 수 있는 것만 보더라도, 평소 이들이 얼마나 전투를 잘 준비하고 있는지 알 수 있었다.

쿠쿠쿵-!

그에 맞춰 성문이 열렸다.

구원단은 더욱 박차를 가해 성문이 다 열리기도 전에 그 틈을 빠져나갔다.

그들도 알고 있었던 것이다.

지금 일족의 처지에 동료를 잃는 것이 얼마나 뼈아픈 일인지를.

"부디 그들을 구해 다오."

란투르는 이미 망루에 올라와 그들의 출전을 지켜보고 있었다.

이번 구원단의 단장이자 대전사인 카리투스를 비롯해, 타로크, 에녹…….

그가 구원단의 한 명 한 명을 살피며 기도하던 중이었다.

"응?"

그의 눈에 왠지 이질적인 존재들이 들어왔다.

고만고만한 키의 드워프들 뒤로 우뚝 솟아 있는 네 명.

지금 이곳에서 저렇게 눈에 띄게 큰 이가 누구인지는 뻔했다.

루크 일행, 그 녀석들이었다.

그걸 본 란투르가 깜짝 놀랐다.

'저 녀석들이 어째서 저기에 있는 거야?'

　−저희가 도와줄까요?

며칠 전 루크가 했던 말이 생각났다.

설마 정말로 우리를 돕기 위해서 나서는 것일까?

지금 저곳에 어떤 마물이 얼마나 와 있는지도 모르는 상황에서?

하지만 그것보다도 앞서 드는 생각은 따로 있었다.

'어떻게 구원단이랑 같은 시간에 준비를 마치고 튀어나온 거지?'

구원단이야 평소 언제든지 출전할 수 있도록 말을 성문 근처에 배치해 두고, 장비도 근처에 둔다.

그런데 그런 구원단과 똑같이 성문을 나선다는 말은 녀석들이 그 전부터 준비를 하고 있었다는 의미였다.

도무지 종잡을 수가 없는 인간들이었다.

동시에 왠지 그런 녀석들이 밉지 않았다.

하지만 그건 어디까지나 자신의 생각일 뿐.

"인간들이 저기에 왜 끼어 있는 것인가? 당장 저들을 끌고 오라!"

타티칸은 그 모습을 보고 눈이 돌아갔다.

"그럴 수 없습니다."

"그럴 수 없다니요? 족장도 보셨잖습니까, 구원단 말미에 인간들이 끼어 있었습니다!"

"그렇다고 지금 구원단을 멈춰 세우고 저들을 솎아 낼 수 있습니까?"

그 말에 타티칸은 대답할 수 없었다.

지금은 척후단이 마물에게 습격을 당한 위기 상황.

출전하는 구원단을 붙잡아 세우고 인간들을 솎아 낼 만한 여유가 없었다.

저 고집 센 인간들이 나오라고 말한다고 쉽게 나오지도 않을 테고.

그렇게 시간이 지체되었다가는 정작 원래 목표이던 척후단 구출에 실패할 수도 있었다.

"끄응, 누가 인간들 아니랄까 봐, 정말 제멋대로 돌아다니는군."

타티칸은 불편한 심기를 드러내며 망루를 내려갔다.

란투르는 어느새 멀어지고 있는 구원단을 보았다.

'내가 마이스터의 심기를 건드리지 말라고 그렇게 이야기했건만.'

기어코 저렇게 사고를 치고 말았다.

그러나 내심 저런 루크의 모습이 고맙기도 했다.

이유야 어찌 됐든 무슨 위험이 닥친 줄도 모르는 상태에서 저렇게 고민 없이 돕기로 결정하지 않았는가.

역시 자기 눈이 틀리진 않았던 모양이다.

'어쨌든 너도 무사히 돌아오너라.'

란투르도 옅은 미소를 띤 채 망루를 내려갔다.

✦

"뭐야, 너희? 언제 따라왔어?"

카리투스가 뒤꽁무니에 따라붙은 루크 일행을 보고 당황했다.

"다들 어딜 급하게 가는 것 같아서 얼떨결에 따라왔지."

"하하하!"

카리투스가 웃음을 터뜨렸다.

여기 있는 인원들은 대부분 루크에게 호감을 가진 쪽이었기에 분위기가 험악하지는 않았다.

"우리를 돕고 싶은 마음은 고맙지만, 그렇다고 섣불리 나서지는 마라."

그러던 카리투스가 짐짓 진지하게 말했다.

"광산 근처는 네가 생각하는 것보다 훨씬 위험하니까. 그리고 족장이 말했듯 이건 우리 드워프의 싸움이기도 하고."

"명심할게. 너희 싸움에 절대 끼지 않겠어."

루크의 대답을 들은 카리투스가 말을 더욱 빠르게 몰았다.

얼마나 달렸을까.

저 멀리서부터 누군가 싸우는 소리가 들려왔다.

"5척후단이다!"

"아직 늦지 않은 것 같아 다행이야."

척후단은 기괴하게 생긴 마물과 사투를 벌이고 있었다.

거미를 닮은 형태에 끝에 날카로운 발톱이 달려 있는 마물. 타란툴라였다.

속도가 워낙 빠르고 집요한 탓에 추격당할 때 가장 성가신 상대이기도 했다.

"전원 척후단이 후퇴할 수 있도록 엄호하라!"

카리투스의 명령에 맞춰 드워프 전사들이 석궁을 꺼냈다.

퓨뷰뷰붓.

석궁에서 발사된 볼트가 타란툴라의 딱딱한 갑피를 꿰뚫었다.

콰아아앙!

그리고 볼트 촉이 갑피 안에서 폭발했다.

"치이이이익!"

퓨뷰붓.

녀석이 고통을 다 느끼기도 전에 두 번째 볼트가 쏟아졌다.

콰아아앙!

그리고 똑같이 타란툴라를 박살 내 놓았다.

"계속 엄호 사격해."

카리투스는 명령을 내리고는 척후단 쪽으로 달려갔다.

그를 비롯한 몇몇 드워프들이 거대한 방패로 척후단 대열을 보호했다.

모두가 일사불란하게 움직인 덕분에 일단 척후단을 확보하는 데에는 성공했다.

하지만 상황이 그리 좋지 않았다.

뒤쪽에서는 타란툴라가 더욱 몰려오고 있었으니까.

'타란툴라는 광산 심부에 있는 녀석들인데 여기까지 몰려온 거지?'

게다가 그 숫자는 광산 밖에다 둥지를 튼 게 아닌가 싶은 정도로 많았다.

'당장은 막을 수 있겠지만, 이렇게 계속 몰려오면 결국 우리까지 잡아먹힌다.'

여기서는 선택을 내려야 했다.

다 함께 후방에 집중해 따라붙은 타란툴라를 빠르게 떼어내고 그대로 성 앞까지 내달릴지.

아니면 이대로 대열을 유지한 채 조금씩 성 앞까지 움직일지⋯⋯.

당연히 전자를 택해야 하겠지만, 언제 어디서 적이 나타날지 모르는 상황에서 함부로 대열을 무너뜨리는 것은 조심해야 했다.

게다가 구원단 전체를 후방으로 돌린다고 해도, 확실히 타란툴라를 제시간에 떼어 낼 거라는 확신도 없었다.

자신 정도 되는 실력자가 몇 명만 더 있어도 바로 실행했을 텐데.

그 순간 그의 머릿속에 한 가지 생각이 떠올랐다.

'누군가 도와준다면……'

도와줄 사람이 없는 건 아니었다.

루크 일행의 실력이 정확히 얼마나 되는지는 알 수 없었지만, 그래도 꽤 강하다는 것만은 확실했다.

그들이 합류해 준다면 제시간 안에 타란툴라를 떨쳐 내고, 성까지 갈 수 있으리라.

'정신 차려라, 카리투스! 네가 직접 루크에게 나서지 말라고 했잖아.'

그래 놓고 인제 와서 루크의 도움을 바라는 건 자존심 상하는 일이었다.

'그래, 이건 드워프 일족의 싸움이다. 우리끼리 헤쳐 나가야만 한다.'

마음을 다잡은 카리투스가 외쳤다.

"대열을 바꾼다. 전원 후방으로 모여 타란툴라를 떨쳐 내는 데 집중해라! 여기서 확실하게 거리를 벌린 후에 성까지 빠르게 이동한다."

"오케이!"

대열을 유지하던 드워프들이 후방으로 모였다.

쾅!

타란툴라의 발톱과 드워프의 방패가 충돌하며 커다란 소리가 났다.

"하나, 둘!"

"합!"

카리투스의 구령에 맞춰 드워프들이 방패를 앞으로 밀었다.

타란툴라가 그 충격을 이기지 못하고 밀려 나가는 순간.

퓨뷰뷰뷰붓!

녀석들에게 볼트가 날아들었다.

콰아앙!

폭발하기 직전 드워프들은 방패를 내려 파편을 막아 냈다.

그 한 번의 공격으로 가까이 붙은 타란툴라들이 큰 타격을 입었다.

"좋아. 이대로 빠르게 저놈들을 떨쳐 낸다!"

결과에 자신이 생긴 카리투스가 이어서 구령을 외쳤다.

그때마다 타란툴라들은 급격히 뒤로 밀려났다.

"마지막으로 한 번만 더 밀어낸 후에 전속력으로 성까지 이동한다!"

카리투스가 다시 한번 희망찬 목소리로 구령을 외치려던 순간이었다.

두두두두두-!

땅이 흔들리기 시작했다.

"이게 무슨 소리지?"

"지진인가?"

드워프들은 갑작스러운 진동에 당황했다.

그러나 카리투스의 얼굴이 점점 새파랗게 질려갔다.

"아니, 이건 지진이 아니야."

"그럼?"

"크립트 비틀이다."

콰아아앙!

대열 앞쪽에서 폭음이 들려왔다.

그리고는 크립트 비틀 수십 마리가 땅속에서 튀어나왔다.

"아뿔싸!"

구원단은 전부 후방으로 몰려온 상태.

전방 쪽에 부상을 입은 척후단을 지켜 줄 녀석이 한 명도 없던 것이다.

그렇다고 지금 후방에서 인원을 빼면, 안정된 방패 대형이 무너지게 될 터.

그래도 어쩔 수 없다.

자신들의 목표는 척후단을 지키는 것이니까.

"2열 전원 전방으로 움직……."

카리투스가 지시를 내리려 할 때였다.

"어이쿠! 크립트 비틀에게 아주 큰 상처를 입어 버렸네."

전방에서 능청스러운 목소리가 들려왔다.

"이러면 나도 어쩔 수 없이 나를 지키는 수밖에 없겠어."

스컹.

뒤이어 섬뜩한 금속음이 들려왔다.

푸화아아아악!

튀어나온 크립트 비틀 전부가 반으로 갈라져 버렸다.

카리투스가 놀란 눈으로 앞을 바라보았다.

"휴, 조금만 늦었어도 내가 죽을 뻔했다."

그의 눈에 들어온 건 손등에 생긴 찰과상을 문지르고 있는 루크였다.

"다들 일사불란하네."

난쟁이들의 전투를 지켜보던 테오가 말했다.

옆에 있던 브리데커와 엘린도 고개를 끄덕였다.

그들도 설산에서 마물들과 전투를 치러 본 경험이 있기에, 저렇게 호흡을 맞춰서 움직인다는 게 얼마나 어려운지 잘 알고 있었다.

아마 저들도 20년간 많은 전투를 겪으며 경험이 쌓인 덕분이리라.

난쟁이들의 전투가 놀라운 건 비단 그들의 움직임뿐만이 아니었다.

"저 석궁은 도대체 뭐야?"

본디 석궁이라고 하면 활보다 익히기는 쉽지만 재장전 속도가 느리고 위력도 떨어지는 무기가 아니던가.

하지만 그것도 난쟁이들의 손을 거치니, 연사에 가까운 속도에 쏘아진 볼트는 폭발까지 하는, 완전히 다른 무기가 되어 버렸다.

"방패도 우리가 쓰는 것보다 훨씬 크고 견고한데 가볍기까지 합니다."

"괜히 난쟁이들을 황금 손이라고 부르는 게 아닌가 보네요."

매년 설산에서 전투를 벌여야 하는 슈넬덴에 저런 장비들이 있었다면 어떻게 됐을까?

그랬다면 망루 확보는 몇 년 전에 이루어졌을지도 몰랐다.

"그럼 난쟁이들 솜씨는 충분히 감상했으니, 우리도 슬슬 도우러 가 볼까?"

그때 테오가 한 발 앞으로 나서며 말했다.

루크만큼은 아니었지만, 그들도 그동안 성에 머물면서 난쟁이들과 제법 친해졌다.

그런 그들이 마물들과 싸우고 있으니, 당연히 자신들이 도와줘야 하지 않겠는가.

아마 루크도 그렇게 생각하…….

"아니, 우린 안 나서."

루크는 그렇게 생각하지 않는 모양이다.

"그게 무슨 말이야?"

"무슨 말이긴. 우린 저기에 안 낀다는 거지."

루크는 말에서 내리며 말했다.

"카리투스가 한 말 못 들었어? 자기들 전투에 끼지 말라고 했잖아."

"그건 그렇지만…….."

테오는 전투가 벌어진 쪽을 보았다.

구원단의 난쟁이들이 장비를 앞세워 잘 싸우고는 있었지만, 그 뒤에서 타란툴라가 더 몰려오고 있었다.

저 물량이 계속된다면 분명 그들도 위험해질뿐더러, 자신들이 합류하기도 어려워질 터.

그들을 도울 수 있는 타이밍은 지금밖에 없었다.

이런 급박한 순간에도 루크는 요지부동이니 답답할 법도 했다.

하지만 테오 사단은 동요하지 않았다.

'뭐 루크가 저렇게 나오는 데는 무슨 이유가 있겠지.'

루크와 오랜 시간을 보내다 보니 이제 저 녀석의 방식에 적응한 것이다.

"그럼 우린 뭐 하는데?"

"우린 녀석들이 할 일에 끼지 않으면서 공을 세워야지."

"공을 세운다고?"

"그걸 빌미로 또 다른 걸 요구할 수 있잖아."

루크가 씩 웃으면서 말했다.

"……"

테오 사단은 몸을 떨었다.

저 녀석은 언제부터 저런 그림을 그리고 있었던 걸까?

처음부터 구원단을 따라 나온 목적도 그들을 돕기 위해서가 아니라, 어떻게든 난쟁이들에게 빚을 지게 하기 위함이었을까.

어쨌든 확실한 건 난쟁이들이 또 의리라는 명목으로 루크에게 뭔가를 뜯길 거라는 것이다.

"근데 저 싸움에 끼지 않고 어떻게 공을 세운다는 거야?"

"난쟁이들을 노리고 있는 건 저 거미 새끼들만이 아니거든."

루크는 바닥을 발로 툭툭 차기 시작했다.

마치 땅속의 뭔가를 찾는 것 같은 모습.

"브리디, 네가 우리 말 챙기고, 나머지는 내가 신호를 주면 바로 따라와."

"알겠어."

"예."

그들은 영문을 묻지도 않고, 루크의 뒤를 따라갔다.

뭔지는 몰라도 루크가 뭔가를 계획하고 있다는 것은 확실했으니까.

그리고 잠시 후.

"지금!"

루크가 신호를 주었다.

콰아아앙!

그와 동시에 땅속에서 크립트 비틀이 뛰어나왔다.

루크는 녀석의 공격에 일부러 손을 가져다 댔다.

"어이쿠! 크립트 비틀에게 아주 큰 상처를 입어 버렸네?"

스겅.

그러고는 검을 휘둘렀다.

"어, 어떻게?"

카리투스가 당황하고 있을 때였다.

"너희 싸움에 낀 거 아니야. 우린 우릴 공격한 녀석에게 정당방위를 행사하고 있는 것뿐이지. 그러니까 각자 싸울 상대랑 싸우자고."

루크가 검에 묻은 피를 털며 말했다.

콰아아앙!

그와 동시에 땅속에서 크립트 비틀이 더 기어 나왔다.

그러고는 철판조차 종이처럼 찢어발길 수 있는 앞발을 휘둘렀다.

자칫 큰 부상을 당할 수도 있는 상황.

하지만 루크는 여전히 여유로웠다.

"이건 불만 없지?"

"그, 그래."

"오케이."

루크는 허락을 받자마자 곧장 크립트 비틀에게 달려들었다.

후웅-!

날카로운 앞발이 그의 머리 위를 스치고 지나갔다.

루크는 녀석의 앞발 관절이 있는 곳에 검을 휘둘렀다.

쿵.

거대한 앞발이 주인을 잃고 바닥에 떨어졌다.

루크는 녀석이 당황하고 있을 틈도 주지 않았다.

스릉.

푸화아아악!

크립트 비틀이 반으로 갈라지며 녹색 피를 뿜어냈다.

하지만 그걸로 끝이 아니었다.

양쪽에서 수십 개의 구멍이 생기더니, 더욱 많은 수의 크립트 비틀이 기어 나오고 있었으니까.

"생각보다 숫자가 더 많네."

루크는 귀찮다는 듯 말했다.

"형, 엘린. 둘이서 왼쪽을 맡아. 오른쪽은 내가 할 테니까."

"알겠어."

-끼이이이익!

테오의 목소리가 들려오기도 전에, 크립트 비틀들이 기괴한 소리를 내며 움직였다.

"그럼 공을 세우러 가 보실까?"

루크는 망설임 없이 크립트 비틀 무리 속으로 뛰어들었다.

사방에서 날아오는 앞발들.

루크는 그사이를 유유히 지나다니며 검을 휘둘렀다.

그 검로를 따라 검풍이 피어나기 시작했다.

-끼이이익!

치이이익…….

검풍이 들이닥칠 때마다 넷 이상의 크립트 비틀이 반으로 갈라졌다.

이것만으로도 분명 엄청난 무위였다.

그러나 루크는 이 성과에 만족스럽지 않았던 모양이다.

우웅-!

가득 들어찬 세 개의 코어가 힘차게 공명했다.

벨무스가 백색으로 빛나자, 그저 날카롭기만 하던 검풍이 어느새 폭풍이 되어 휘몰아쳤다.

후두둑.

폭풍에 휩쓸린 크립트 비틀의 잔해들이 우박이 되어 쏟아졌다.

"이쯤 했으면 겁먹고 물러설 법도 한데……."

지성이 없는 마물이라고 해도 본능적인 공포심은 있기 마련이다.

하지만 녀석들은 힘의 차이를 인식하고도 물러서기는커녕 더욱 앞발을 세웠다.

녀석들이 겁을 먹지 않은 건 아니었다.

번들거리는 눈에 비친 감정은 분명 두려움이었으니까.

문제는 그게 루크를 향한 것이 아니라는 것이었다.

'그 도마뱀 놈, 피어까지 사용할 수 있는 건가?'

맹수의 포효를 들으면 몸이 굳어 버리듯, 드래곤은 포효는 생물의 마음속 깊은 두려움을 불러일으킨다.

드래곤들은 이를 이용해 상대를 굴복시키고 손쉽게 수하로 만들어 왔다.

화로에 자리 잡은 드레이크 역시 그 권능을 일부나마 사용할 수 있는 모양이다.

드레이크는 이미 이 녀석들의 머릿속에 공포심을 확실히 심어 둔 상태였다.

'피어까지 쓸 정도면 꽤 오래 산 녀석인가 보네.'

루크의 입에서 군침이 돌았다.

오래 살았을수록 드레이크에게서 얻을 수 있는 부속물의

가치도 높아질 것이기 때문이다.

'역시 그놈을 직접 잡으러 가야겠어.'

루크가 그런 생각을 하는 동안에도, 크립트 비틀이 여기저기서 기어 나왔다.

지상에 보이는 숫자가 이 정도라면 아마 지하에는 더 득실거리고 있을 테지.

'이렇게 한 놈씩 썰어서는 오래 걸리겠어.'

여기서 시간을 더 끌었다가는 다른 마물들까지 몰려들 수도 있었다.

어쩔 수 없이 힘을 좀 더 발휘해야 할 것 같았다.

이게 광산 아래에 있을 드레이크를 자극할 수도 있겠지만, 이게 아니더라도 조만간 움직일 녀석이었으니까.

"다들 비켜."

루크는 검을 고쳐 잡았다.

"한 번에 끝낼 테니까."

벨무스의 빛이 더욱 밝아졌다.

푹!

아예 광검으로 변해 버린 벨무스가 바닥에 박혔다.

쾅카카카카ー!

백색 빛이 지면을 따라 퍼져 나갔다.

루크를 중심으로 지면에 펼쳐진 백색 선.

그 모습은 마치 사제가 신성 마법을 사용하기라도 하는 것처럼 성스러워 보였다.

그러나 그런 생각도 잠시.

푸화아아아악!

땅 전체가 일순간 들썩거렸다.

저 검이 박힌 땅 밑에서는 무슨 일이 벌어진 것일까.

그건 크립트 비틀이 뚫고 나온 구멍을 보면 짐작할 수 있었다.

그 구멍이 녹색 피와 파편을 토해 내고 있었으니까.

난쟁이들은 전투 중인 것도 잊은 채, 그 광경을 멍하니 바라보았다.

"미쳤네……."

누군가 내뱉은 그 한마디가 지금 모든 난쟁이들의 마음을 대변하고 있었다.

✿

타란툴라와 크립트 비틀을 모두 처리한 덕분에, 구원단은 여유롭게 성으로 향할 수 있었다.

"네가 이렇게 강한 줄 몰랐어."

"크립트 비틀을 상대하는 모습을 보니까 보통 실력자가 아니던데?"

"드워프 전사만큼이나 강인한 녀석이었을 줄이야."

난쟁이들은 너도나도 루크에게 한마디씩 던졌다.

조금 전 루크가 보여 줬던 무위가 그만큼이나 인상 깊었기 때문이다.

그중에는 다른 것에 관심을 보이는 난쟁이들도 있었다.

"그 검은 어디서 난 거야?"

"괜찮으면 내가 한 번만 만져 보면 안 될까?"

"벨무스? 이름도 잘 지었군."

벨무스에 더 관심을 보이는 녀석들도 있었다.

하긴, 이게 저 녀석들이 저런 반응을 보일 정도로 좋은 검이 맞긴 했다.

그때 무덤에서 벨무스를 얻지 못했다면 여기까지 오는 데 시간이 좀 더 오래 걸렸을 것이다.

　-벨무스, 너도 가주님 검 못지않아. 그러니까 검신 쫙 펴고 허리에 매달려 있어!

벨무스를 툭툭 치며 웃던 칼린의 모습이 떠올랐다.

'그래, 네 검도 잘 만들어진 검이 맞나 보다. 내가 잘 쓰도록 할게.'

루크는 자신에게 이 검을 내준 칼린에게 한 번 더 고마워했다.

잠깐 옛 생각에 잠겨 있을 때, 카리투스가 다가왔다.

그의 표정은 좋지 않았다.

그도 그럴 것이, 자신의 무리한 선택으로 자칫 전체가 큰 피해를 입을 뻔했으니까.

결과적으로 루크가 아니었다면 척후단과 구원단을 모두 잃을 수도 있었다.

"도와줘서 고맙다, 다들."

그는 루크와 테오 사단을 향해 허리를 굽혔다.

"너희 덕분에 살았어."

그리고 감사의 인사를 전했다.

그 모습을 본 다른 난쟁이들은 깜짝 놀랐다.

드워프는 자존심이 강해 족장이나 마이스터를 향해서도 허리를 굽히는 일이 거의 없었다.

그런데 무려 인간에게 고개를 숙이다니.

그만큼이나 고마워한다는 의미였다.

"무슨 소리야, 난 우릴 공격한 놈들과 싸운 건데. 너희를 도울 목적은 없었어."

루크는 테오 사단 쪽으로 돌아보며 말했다.

"그렇지?"

"물론이지!"

"우린 애초에 싸움에 낄 생각도 없었잖습니까?"

그들도 기다렸다는 듯 대답했다.

"이거 봐. 우린 그저 우. 연. 히. 너희를 도운 것뿐이야."

"그렇다고 해도 결과적으로 우리가 도움을 받았다는 건 사실이지."

"네가 그렇게 말한다면야…… 도움을 준 걸로 치자."

루크가 마지못해 카리투스의 인사를 받아 주었다.

그제야 그도 마음의 부담을 덜었는지 웃어 보였다.

"좋아! 내가 드워프로서 빚을 지고는 못 살지. 답례로 내가 파티를 열지!"

"오오오오오오!"

"카리투스가 담근 술을 맛볼 수 있는 건가?"

파티라는 소리에 드워프들이 환호했다.

"이봐, 카리투스. 너무 무리하는 거 아니야? 가뜩이나 너 집에 있는 술 루크에게 많이 뺏겼잖아."

"에잉, 생명의 은인을 초대하는 파티인데 묵혀 둔 술 다 꺼내지, 뭐! 흐하하하!"

"좋아, 아주 대장부구먼!"

드워프들은 아예 박수까지 치며 흥을 돋우었다.

카리투스는 호탕하게 웃더니 루크 일행에게 다가왔다.

"너희들도 파티에 꼭 와야 한다. 이번 파티 주인공은 너희니까."

"물론이지."

루크가 빙긋 웃었다.

"근데 그게 다야?"

"응?"

카리투스는 순간 자신이 뭔가를 잘못 들었다고 생각했다.

방금 루크가 빙긋 웃으면서 '그게 다야?'라고 했던 것 같은데.

아마 자신이 잘못 들었던 것이겠지?

"뭐라고 했지?"

카리투스의 질문에 루크는 여전히 티 없는 미소를 지어 보이며 말했다.

"별거 아니야. 긍지 높은 드워프가 생명의 은인한테 하는 답례를 고작 파티 한 번으로 끝내느냐고 물어본 거지."

"오……."

할 말을 잃어버린 카리투스를 보며, 테오 사단은 남몰래 혀를 찼다.

'너, 잘못 걸렸어.'

'그러게 결과적으로 도움이 된 거라는 소리는 하지 말지.'

'다 네 업보라 생각하고 이제부턴 입조심해.'

그러나 그들의 측은한 시선에도 불구하고, 카리투스는 자신의 업보를 더 쌓았다.

"무, 물론 그게 다가 아니지. 뭐든 말해 봐."

루크의 미소가 더욱 음흉해졌다.

그럴수록 카리투스의 눈은 불안감으로 물들었다.

"우릴 광산 안으로 들여보내 줘."

루크는 잠시 뜸을 들인 후 원하는 바를 말했다.

"족장을 설득하든, 몰래 우리를 안내해 주든 방법은 네가 원하는 대로 해도 돼."

그제야 카리투스는 뭔가 잘못됐음을 느꼈다.

하지만 그땐 이미 늦어도 너무 늦었을 때였다.

다음 권으로 이어집니다

武人還生
윤신현 신무협 장편소설 무인환생

끝나지 않는 환생의 굴레
이번엔 마지막 여정이 될 수 있을까?

죽으면 새로운 육체로 다시 시작되는 삶!
천하제일인? 무림황제?
무인으로서 할 수 있는 건 다 해 봤건만……

"또야? 또냐고!"
"대체 왜 자꾸 환생하는 거야!"

어떤 삶도 대충 살았던 적은 없다
오로지 나를 위해 살아왔지만
이번엔 다른 이들과 함께 살아가 볼까?

수백 번의 환생 경험치로
절대자의 편안한(?) 무림 생활이 펼쳐진다!

꿈의 도약, 로크에서 하십시오
(주)로크미디어에서 신인 작가를 모십니다

즐거운 세상, 로크미디어는 꿈을 사랑하고 도전을 두려워하지 않는 작가 분들의 참신한 작품을 기다리고 있습니다. 21세기 장르 문학계를 이끌어 갈 차세대 선두 주자 (주)로크미디어에서 여러분의 나래를 활짝 펴 보시길 바랍니다.

모집 분야 판타지와 무협을 포함한 장르 문학
모집 대상 아마추어 작가, 인터넷 작가
모집 기한 수시 모집
  작품 접수 시 유의 사항
    1. 파일명은 작가명_작품명.hwp형식을 갖춰 주십시오.
    1. 파일에 들어갈 내용은 다음과 같습니다.
      – 성명(필명인 경우 실명을 밝혀 주세요), 연락처, 이메일 주소
      – 제목, 기획 의도
      – A4용지 1장 분량의 등장인물 소개
      – A4용지 2장 분량의 전체 줄거리
      – 본문
    1. 작품이 인터넷에 연재되고 있다면, 게시판명과 사이트의 구체적이고
       정확한 주소를 기재해 주십시오.

선택된 작품은 정식 계약 후 출판물로 간행되어 전국 서점에 유통됩니다.
작가 분은 (주)로크미디어의 전폭적인 지원하에 전속 작가로 활동하시게 됩니다.
※ 자세한 내용은 로크미디어 홈페이지(rokmedia.com)를 참조하세요.

(04167)서울시 마포구 마포대로 45 일진빌딩 6층
(주)로크미디어 편집부 신간 기획 담당자 앞
전화 : 02) 3273-5135
www.rokmedia.com   이메일 : rokmedia@empas.com

ROK
MEDIA
로크미디어

우리 교황님 좀 말려 주세요

판미손 퓨전 판타지 장편소설

비정상 교황님의
들도 보도 못한 전도(물리) 프로젝트!

이세계의 신에게 강제로 납치(?)당한 김시우
차원 '에덴'에서 10년간 온갖 고생은 다 하고
겨우 교황이 되어 고향으로 귀환했건만……

경고! 90일 이내 목표 신도 숫자를 달성하지 못할 시
당신의 시스템이 초기화됩니다!

퀘스트를 달성하지 못하면 능력치가 도로 0이 된다고?
그 개고생, 두 번은 못 하지!

"좋은 말씀 전하러 왔습니다, 형제님^^"

※주의※ 사이비 아닙니다, 오해하지 마세요!

망한 가문의 검술 천재가 되었다

소구장 퓨전 판타지 장편소설

역사에서도 잊힌 비운의 검술 천재 최강의 꼰대력으로 무장한 채 후손의 몸으로 깨어나다!

만년 2위 검사 루크 슈넬덴
세계를 위협하던 마룡을 물리치며
정점에 이른 순간

이대로 그냥 죽어 다오, 나를 위해서.

라이벌인 멀빈 코넬리오에게 목숨을 잃……
……은 줄 알았는데,
200년 후의 몰락한 슈넬덴가에서 눈뜨다!
가족이라고는 무기력한 가주, 망나니 1공자뿐
망해 버린 가문을 살리기 위해
까마득한 조상님이 팔을 걷었다!

설풍 같은 검술, 그보다 매서운 독설로 슈넬덴가를 정점으로 이끌어라!